DÖRLEMANN

Henriette Vásárhelyi

immeer

Roman

DÖRLEMANN

Autorin und Verlag danken der Studer/Ganz-Stiftung
sowie der Stadt Biel-Bienne und dem Amt für Kultur
des Kantons Bern für die großzügige Unterstützung.

In diesem Roman wird aus dem Liedtext *Schwere See*
von Element of Crime und aus dem Liedtext *Chaos meine Ruhe du*
von Joachim Cotaru frei zitiert.

Umschlaggestaltung: Mike Bierwolf
Umschlagbild: Dmitry Kulagin/Shutterstock.com
Gesetzt aus der Garamont Amsterdam
Satz: Dörlemann Satz, Lemförde
Druck und Bindung: GGP Media GmbH, Pößneck
ISBN 978-3-908777-93-9
www.doerlemann.com

Für Ali

Nur Jans Schopf und seinen Nacken sehe ich, als ich die Straße hinter dem Parkplatz überquere und den Strandaufgang über die Dünen hinauflaufe, als ich an meine linke Ferse greife und einen Schuh abstreife und im Hüpfen den anderen. Während ich die Bänder zusammenknote und das Paar über meine Tasche hänge, bin ich von Jan nur noch einen Steinwurf entfernt, und da dreht er sich zu mir um und hebt schweigend eine Hand.
Ich fahre Jan durch seine Haare, ich sehe zum Himmel hinauf, der sich verdunkelt hat, erste dicke Tropfen treffen uns. Heiner kommt aus dem Wasser gelaufen und schreit, dass er Hunger hat. Er wälzt sich durch den Sand, Jan schaufelt ihn ein. Ich werfe mich über die beiden, drehe und wende mich, zerre an Jans Armen, an Heiners Beinen, an seinen Zehen. Heiner zieht an meinen Haaren, der Regen schlägt auf uns, wir ringen und lachen und ziehen und zerren. Jan greift nach einer leeren Colaflasche und zieht sie mir über den Schädel, als ich gerade Heiner zu fassen bekomme, der meine Tasche an sich drückt, aufspringen will, mit ihr fortlaufen. Wir fallen zusammen, wieder übereinander in den

warmen, feuchten Sand. Aus Heiners Haaren tropft das Wasser auf mein Gesicht. Seine Haut durchfeuchtet mein Shirt. Heiner japst Hunger, Hunger! Ich ziehe meine Tasche an mich heran, schwer atmend unter der Last von Teilen der zwei Körper über mir. Ich bekomme eine Handvoll Schokoladenriegel zu fassen und reiche sie weiter. In verschiedene Himmelsrichtungen verstreut glotzen wir mit überstreckten Hälsen auf Düne, Strand, Ufer und Meer und kauen still. Am Horizont steigen Prilblumen aus dem Meer auf. Und als ich denke, ich will uns welche pflücken, da wache ich auf.

Tief dringt der Schauer nicht ein, der Sand ist unter der fingerdicken feuchten Schicht noch trocken und warm von der Sonne dieses Tages. Die Tropfen schlagen gleichmäßig kleine Kuhlen in den Sand und wellen ihn.

»Eva! Setz dich auf und zieh die Knie an und schau dich um! An den Unmengen nackter Körper vorbei auf das Meer! Sieh hindurch durch die Lücken zwischen den kleinen Booten! Und dahinten das Kreuzfahrtschiff am Horizont!«

Ich nicke und frage die Fliege: »Es ist doch schön hier, oder?«

Sie fliegt dicht an mein Ohr und flüstert hinein: »Aber warum bist du hier, wenn du nicht einmal weißt, ob es hier schön ist?«

Ich antworte, ich sage: »Sieh dich doch mal um! Sieh doch auf das Wasser – dort hinten, wo die Hitze das Meer benebelt, die Linie des Horizonts verwischt. Das kann ich nicht übersehen.«

Eine Wolke schiebt sich von der toskanischen Küste unter dem Himmel hindurch und steht über der Bucht Barbarossa. Ich ziehe mir mein T-Shirt über.

»Komm! Komm, steh auf!«, sage ich zu Monn. »Lass uns gehen. Es wird gleich regnen.«

Monn rollt sich auf den Rücken, schiebt sich langsam die Sonnenbrille in die Stirn, kneift die Augen zusammen und fragt: »Was?«

Ich schaue ihn an, werfe das Handtuch zurück auf die Matte und lächle: »Nichts.«

»Ist dir kalt?«, fragt Monn.

»Nein. Warum?«

»Weil du dich angezogen hast.«

Ich lächle immer noch hinunter zu ihm, hebe die Arme, schaue mich nach allen Seiten um und pelle mich wieder aus dem T-Shirt. Ich lege mich neben Monn und schaue die Fliege an. Ich spreche nicht viel, aber auch das Wenige versteht sie nicht.

Sie ruft mir von meinem Unterarm aus zu: »Geh, Mädchen, geh ins Wasser, du brennst ja!«

Ich wische sie unsanft von der Haut meines Innenarms, durch die blaue Zweige schimmern. Sie taumelt, schlägt mit den Flügeln, fängt sich und fliegt mir auf Augenhöhe.

Ich schüttele den Kopf und ziehe mit den Fingern Rillen in den Sand.

»Ich spreche von ihm«, sage ich. »Ich spreche vom Tragen einer Last, die er zu stützen bereit ist. Er trägt alle meine Schiefläufer, meine Ausläufer. Er weiß nichts davon, wovon ich auch spreche. Er liebt mich immer wieder nur jetzt.«

Sie krallt sich an den äußeren Rand meiner Ohrmuschel und flüstert hinein: »Sei doch froh!«

Jan schwimmt mit großen Zügen aufs Meer hinaus. Er dreht sich auf den Rücken. Er hebt den Kopf und winkt mir umständlich zu. Ich sehe ihm nach.

Die Luft ist mild und in Ufernähe löst sich bereits die Hitze. Nah am Hang zirpen die Zikaden und schreien die Mauersegler. Die Familien packen ein. Ihre Inlandnahme aus Patchwork raffen sie zusammen und verschließen alles in Keramikschüsseln und in wiederverschließbarem Tupper unter Reißverschlüssen in bunten Taschen.

Es gibt ein Foto von Jan, das zeigt ihn stehend auf einem Findling in der Ostsee. Seine Augen sind geschlossen, sein Kinn zur Brust geneigt. Um ihn herum Herbstwellen. Mit der rechten Hand macht er eine schnipsende Bewegung. Durch diese Bewegung ist die Hand auf der Fotografie verschwommen. So zeigt sie Jan, der zwischen den Welten wandelt. Ich erwarte beim Anblick der schnipsenden Hand, dass er von der Fotografie verschwindet. Immer habe ich Angst, er würde von der Fotografie verschwinden, dass er damit noch weiter hinunterrutscht, auf ein tieferes Brett im Erinnerungsbilly.

Barbarossa verlassen Monn und ich, als die meisten Sonnenliegen eingeklappt unter ihren zusammengebundenen Sonnenschirmen stehen.

Wir fahren in unser kleines Apartment. Wir hängen nasse Handtücher und Badewäsche über die Plastestühle im Freien. Ich kämme das Wasser und das Salz aus meinem immer bleicher werdenden Haar. Es ziept. Ich lasse den Kamm wieder und wieder durch die stumpfen Haare gleiten. Wassertropfen rinnen über meine Faust und fallen auf die sonnenwarmen Steinplatten und verdunsten. Ein Gecko läuft mir zwischen die Füße, läuft über die hellen Steine in den Schatten unter der Terrassentür. Ich hocke mich zu Boden und schaue nach dem Gecko: flink, dunkel und sein Körper nicht viel dicker als einer meiner Finger. Ich zeige auf das Tier und nicke der Fliege zu: »Immer auf der Hut«, flüstere ich.

Capoliveri. Heute Abend fahren wir hinauf. Wir setzen uns vor eine Bar auf dem Hauptplatz Matteotti und bestellen Sprizz. Zwischen die eng gestellten Tische laufen die Menschenmassen nicht hindurch.

»Ich bin im Haus«, sage ich, verschränke die Arme über der Brust, ziehe dann die Knie hoch über den Bauch und sperre den Mund auf.

Ich gaffe den verbrannten Menschen mit Silberschmuck nach, die mit den bunten Sommertüchern - in Haaren, um Hüften, um Hälse -, die sich nicht entscheiden können für eine Trattoria, für ein Ristorante oder Focaccia auf die Hand.

Zu Prosecco Aperol bringt uns die Bedienung eine Schale große, grüne Oliven. Ich beiße das feste Fleisch vom Kern. Monn tippt in sein Handy. Er tippt SMS. Er grüßt seine Freunde. Ich will ihm etwas sagen, aber Monn verkürzt gerade die Formulierungen und gewinnt so Zeichen. Hier oben sind wir dem Himmel näher. Ein Unwetter zieht heran. Vor den Mond mit Hof schieben sich in Windeseile riesige nachtschwarze Wolken - eine nach der anderen.

Jans Mutter hat Senfei für uns gekocht und Jan bröselt ein wenig Platte hinein. »Damit du später schlafen kannst, wenn du weißt, was wir vorhaben«, sagt er. Ich mag weder den sandigen Geschmack von Haschisch noch die plötzliche Bettschwere, die mich in circa einer halben Stunde übermannen wird, sage aber nichts. Er

wird richtig feierlich: »So, Eva, jetzt reicht's! Wir müssen hier weg!«
Ich nicke und schaufele mir den Brei rein, zu dem ich die Kartoffeln, Sauce und das weiche Ei zerdrückt und verrührt habe. Ich nicke immer noch, als ich angewidert versuche, den Scheißsand aus dem Mund zu spülen.
»Heiner hat angerufen. Er hat eine viel zu große Wohnung gemietet, die für sein Lehrgeld zu teuer ist. Er hat mich gefragt, ob wir nicht zu ihm ziehen wollen. Berlin ist so geil, sagt er ständig.«
Jan erzählt mir von einer Wohnung in der Grünberger Straße, die unsaniert ist, aber groß, und für uns drei locker zu zahlen.
»Er kennt doch keinen, dieses asoziale Kind!«, lacht Jan.
Er hat inzwischen kleine rote Augen bekommen, und als ich nichts sage, weil ich meinen Mund nicht öffnen kann, denn die Bettschwere übermannt mich gerade, fängt er an, volkstümlich zu dichten, und singt: »Evalie, Evalie: Komm, komm, komm!«
Ich muss eine ganze Weile lachen, Jan grinst und bewegt dabei langsam den Kopf hin und her. Schließlich sage ich: »Ja.«
Danach schweigen wir.

Im Restaurant, einige Straßen unter der Piazza Matteotti, bestellen wir ausgiebig, dazu Wein und Wasser, und schweigen an der Tür, die offen steht. Der Regen stürzt dicht gedrängt auf die Steine.

Ich schaue zur Fliege hinüber: »Spürst du, wie das Wasser die Wärme verdrängt?«, frage ich sie.

Sie putzt mit den Hinterbeinen ihre Flügel und nickt zustimmend. Ich gabele mir ein Stück gegrillte Aubergine in den Mund.

»Wir essen und essen und dann schlafen wir. Und morgen sonnen wir uns«, lache ich Monn aus.

»Siehst du«, sagt er, »es wird besser.«

Er nimmt meine Hand und wir schlendern zum Wagen.

Jan schwimmt mit großen Zügen aufs Meer hinaus. Er dreht sich auf den Rücken. Er hebt den Kopf und winkt mir umständlich zu. Ich sehe ihm nach.

Nur wenige Stunden am sehr frühen Morgen verschwindet die Hitze aus den Zimmern im Haus. Bis dahin staut sie sich zwischen den dünnen Laken und in der Berührung unserer Hautoberflächen. In jedem Winkel der Räume lähmt Schwüle das Ruhen ebenso wie das Weiterdenken. Schlafen fällt mir schwer, ich dämmere und träume, treibe träumend durch die Nacht und bemühe mich am Tag, den Traum abzustreifen.

Jan ist tot. Das Leben weicht. Durch das Fenster drücken sich Enge und Atemnot. Ich stehe in den schattigen Ecken von Jans Leben und lese seine Briefe mit anderen Augen. Berlin ist ganz kalt. Der Duft der Straßen von Berlin, an dem wir uns bis eben gemeinsam berauschen, klirrt.

Am Morgen sitze ich still auf der Bettkante, ich beuge mich schlaftrunken über die Fliege, die auf dem Sockel meiner Nachttischlampe ruht, und murmele: »Genau deshalb halte ich nichts von Urlaub. Man tut gar nichts, und man fängt an zu suchen.«

Monn raschelt mit dem Laken, als er sich zu mir umdreht. Er blinzelt mir zu, setzt sich dann auf und lässt den Kopf in die Hände sinken. Während ich Kaffee koche und nachsehe, was wir frühstücken können, spricht er undeutlich in seine geöffneten Hände und reibt sich die Augen. Ich bringe ein kleines Frühstück ans Bett, und wir trinken den Kaffee und schieben uns etwas Obstkuchen vom Vortag in die Münder.

Scaglieri. Wir setzen uns ins Auto und fahren in den Norden. Dort liegt der weiße Strand Scaglieri. Erst fahren wir hinunter zum Strand, dann rückwärts wieder hinauf, hinauf und hinauf, bis wir schließlich zwischen parkenden Autos einen leeren Platz entdecken und uns einfädeln.

»Wir rollen die Küste auf«, rufe ich der Fliege laut aus dem geöffneten Beifahrerfenster zu. Monn lacht auf und schlägt mit der Hand einen Rhythmus auf das Lenkrad.

Die Fliege fliegt dicht über die Macchie dahin, immer in Hörweite zum Wagen.

»Stell dir vor, wir setzen uns ins Auto und fahren mit niedrigem Tempo in Schlangenlinien die Küstenstraße hoch und ebenso langsam eiern wir sie wieder hinunter! Das machen wir, wenn wir nicht essen oder schlafen oder uns sonnen!«

Sie lacht mich an, obwohl sie wohl Mühe hat, mich zu verstehen, der Motor ist zu laut. Sie seilt sich ab und fliegt ein Stück über die großflächige Macchie und die Garigue, die sich über das Hügelland und die Täler erstrecken, ins Landesinnere. Monn und ich finden einen Platz zwischen den Badegästen, einen Platz auf Höhe der Schirmchen und Liegen, die immer mehr werden, die immer näher kommen. So nah, dass wir bald unseren Platz verlieren werden, vermute ich. Es ist fast zehn Uhr.

»Ich werde mich unter Hunderten nicht erkennen«, sage ich. »Alle wie die Maden, eine neben der anderen. Einer wie der andere: Grillmaden! Maden mit Hüten.«

Ich sitze im feinen weißen Sand, in der Nähe einer großen Pinie, die mir zuruft: »Bist du immer noch nicht sicher, dass es hier schön ist?«

Ich schaue hoch in ihre Krone, in ihren aufgespannten Schirm: »Weißt du, Monn hat gesagt, es brauche nur Zeit und Schlaf und gutes Essen.«

Ich lege mich wieder auf den Rücken. Monn wollte um jeden Preis einen Strandurlaub mit kräftiger Sonne, Aperitif und Salzwasser. Heute ist der Himmel allerdings bedeckt. Es fällt Licht zwischen die Klumpen Grau. Wir sonnen uns im Schatten. Ich schaue zu einem Zitronenzeisig, der hoch über mir in der Krone der Schirmkiefer sitzt.

»Warum schläfst du, Zeisig? Es ist mitten am Tag.«

Es kommt keine Antwort, ich schließe wieder die Augen, erinnere mich schlafend.

Wir rennen durch den langen dunklen Tunnel in die Wartehalle des Bahnhofes Lichtenberg, hetzen die Treppe hinauf. Wir lehnen uns aus dem geöffneten Zugfenster und Heiner macht ein Foto von uns beiden. Jan verspricht ihm, ihn bald wieder zu besuchen, ich nicke. Der Zug setzt sich in Bewegung, ein paar Schritte kommt Heiner noch mit. Er ist traurig. Heiner bleibt allein zurück in Berlin, im Fressnapf Berlin.

Dass eine Diagnose, das Schätzen von Zeit, die noch bleibt, nicht bedeutet, dass man bis dahin, bis zu dem vermutlichen Bisdahin, alles so weitermachen kann wie bisher. Dies zu begreifen.

Aufhören muss man. Am Tag der Diagnose beginnt der Abschied von sich selbst.
Auf Nimmerwiedersehen Scheißalltag! Ade Interesse für G-Star und saisonale Sneaker. Was ist eine Zahnbürste oder eine überflüssige Bemerkung? Kaisers? Fernsehturm? U5? Weberwiese? Frankfurter Tor? Boxi? Tschüss tschüss tschüss.
Jan kann nur noch auf seinen Körper hören müssen. Er kann nicht mehr tun, als auf seinen Körper zu hören, und wenn er weghört, melden sich seine Grenzen wie von selbst. Er muss aufhören mit allem, was ihm lieb ist.
Mit allem, was er immer so gedankenlos tat. Wie jeder andere. Wir können alles tun oder lassen. Er wird alles bleiben lassen müssen.
Seinen Frieden machen soll er, sagen die Kenner. Er muss seinen Frieden machen. Meinen sie sogar. Ich sage ihm das nicht. Den Stein bringe ich nicht ins Rollen. Der rollt mir direkt in die Fresse.

Die ersten Jahre in Berlin beginnen mit einer OP, aber dann tritt Frieden ein. Frieden, der Ruhe ist, die bleibt, bis sie geht. Ohne einen Knall geht, leise geht, wie sie kommt.

Wann etwas anfängt, zu Ende zu sein, weiß man auch hinterher nicht. Uns fehlt es nicht an Mühe oder Möglichkeit zur Reflexion, wenn wir nicht wissen, wann es beginnt, zu Ende zu gehen. Es geht zu Ende. Im Schritt, mitten in der Bewegung von einem Fuß auf den anderen oder bei der Bewegung, den Hintern auf einen Stuhl zu setzen, den Kopf in den Nacken zu legen, oder inmitten einer herrlich versauten Sache bei helllichtem Tageslicht fängt es an, zu Ende zu gehen. Das gilt für die Liebe, für das Leben oder was zuerst war. Oder was wir wollen. Ich meine, es sind ja nur die Waffen nieder. Es ist ein Frieden in der Feuerpause. Ich meine, es geht, wenn es genug zu Ende gegangen ist, auch wieder weiter. Erneute Feuerpause, ein wenig spüren wir das Absinken des Niveaus, denn Gesundheit ist Lebensqualität, aber die ersten Jahre nicht so stark, dass wir unser Leben allzu sehr verändern. Wir verändern es nur, solange die Angst tief sitzt (die Erschütterung, der Tsunami), und dann kehren wir den niedergestreckten Waffen den Rücken zu, und wir feiern. Wir rocken das Haus.

Als ich mit den Armen um mich schlage, weckt Monn mich und zieht mich hinter sich her ins Meer. Er springt vor mir ins Wasser.

»Komm her! Du musst deinen Kopf kühlen!«, ruft er und fuchtelt mit seinen Händen vor meinem Gesicht herum.

Ich tue, was Monn sagt. Ich wehre mich nicht, als Monn meine Schultern unter die Wasseroberfläche drückt. Ich halte den Atem an, tauche unter, tauche auf. Lächle, als das Wasser von mir rinnt, perlt und tropft. Monn schwimmt munter in den Wellen, er lässt sich treiben, er gleitet ans Ufer und wirft sich zurück, macht lange Züge, krault vorzeigbar geschmeidig. Ich bleibe stehen. Der Wellengang bewegt mich sachte. Ich schaue dem funktionierenden Monn zu. Wie er hierherpasst, ins Land und zwischen die Leute.

»Mit Körper und Geist!«, rufe ich aus.

Das Salzwasser tropft von meinen Haaren, von Nase und Kinn. Ich bin ein Riff, an dessen Oberflächen das Wasser reibt und die Schichten abträgt. Egal, was es ist, meine Hautoberfläche wird immer dünner. Ich schreite weiter ins Wasser, Monn nach, der hinausschwimmt und krault. In der Untiefe der Ufernähe traue ich mich, als mir das Wasser zum Kinn reicht, die Nasenflügel zusammenzudrücken und unter

»Ich bestehe darauf, dass ihr dieses Buch so bald wie möglich lest. Ich bin zufällig darauf gestoßen –, und es hat mich dermaßen beeindruckt, dass ich sofort an Hatchards geschrieben und zwei Dutzend bestellt habe. Ich habe mir vorgenommen, es jedem zu schenken, dem ich begegne.«

Francis Wyndham, Der andere Garten

Deutsch von Andrea Ott

Liebe Leserin, lieber Leser –

wir hoffen, dieses Buch hat Ihnen gefallen. Wir halten Sie gerne über unser Programm auf dem Laufenden. Senden Sie uns eine Mail mit Ihrer Adresse an: verlag@doerlemann.com oder schicken Sie uns diese Karte ausgefüllt zurück.

Name: ______________________

Straße: ______________________

PLZ, Ort: ______________________

E-Mail: ______________________

www.doerlemann.com

bitte frankieren

DÖRLEMANN Verlag AG
Forchstrasse 21
CH-8032 Zürich

Wasser zu tauchen. Ein dichter Schwarm Stichlinge umringt mich sofort, und ich schüttele den Kopf mit aller Kraft und tauche auf.

Als wir erschöpft auf den Matten liegen und das Wasser von der Haut trocknet, drehe ich mich zu Monn und sage: »Gesundheit ist Lebensqualität.«

Er lächelt mich an, rollt sich dicht neben mich, küsst mich und nickt. Danach schließt er die Augen und bleibt stumm.

Ich suche in der Kieferkrone und in den Wolken nach dem Zeisig. Auf einer Bergkette am Horizont des Inselinnern erkenne ich Pinien auf dem Kamm, in kleinen Gruppen, und so dicht gedrängt, als müssten sie dort oben zusammenhalten. Ich lache der Fliege zu: »Don Quijote! Siehst du, dort oben geht er mit seinem Gefolge!«

Darüber, in vielen hundert Metern Höhe, kleine weiße Widerhaken, deren Kondensstreifen wenig erzählen. Die Fliege schwirrt über den Strand, von den Schlauchbooten am Steg qualmt Benzingestank herüber. Ein Vater geht mit seinem Sohn ins Meer, um ihm das Tauchen beizubringen. Sie waten rückwärts ins Wasser. »Überall Taucher diesen Sommer«, sage ich.

Um mich herum surrt eine Fliege. Dieses Krankenhaus macht mich ganz verrückt. Ich schlage sie tot und zum Fenster kommt sie wieder hereingeflogen. Ich sammle sie in meiner Schublade im Nachttisch. Manchmal sitzt sie da. Als würde sie mich ansehen. Fast wie ein Hund, der seinen Kopf auf die Seite legt und auf die andere, wie eine Aufforderung, etwas von sich zu erzählen. Aber was soll ich denn sagen?

In der Bar am Abend verschwindet Monn an den Tresen, und ich formuliere für die Erinnerung: »Bis der Schmerz von mir wegschwimmt, bleibe ich. Bis er an das andere Ufer schwimmt, weg von der eigenen Haut, die hier *pelle* heißt.«

Ich schaue das orange wässrige Getränk an: »Und Sprizz. Für Monn und mich ist Sprizz ein Zauberwort.«

In der Boutique Moda Esclusiva gegenüber der Bar toupieren sich die Frauen ihre blonden Mähnen und stecken sie hoch zu Vogelnestern. Dort stehlen ehemalige Männer den Frauen die

Show. Schöner, schmaler und bereiter, gutgelaunt mit einem Chic im Täschchen. Ich sehe über die Auslagen im Schaufenster zum Tresen, an dem sie sich zuprosten: *cin cin.*

»Siehst du«, sage ich, »jetzt macht die Frau dort hinter dem Tresen genau die Bewegung, die Monn gestern auch gemacht hat. Wie Jan. Sie machen wie Jan.«

Als Monn zurückkommt, einen zweiten Aperitif bringt, wende ich mich ihm zu und sage: »Erst mal muss man sich hineintrinken, bis man ganz flüssig wird und einfließt in diese Gesellschaft.«

Jetzt sitzen wir hier, Familien ziehen an uns vorbei, man trägt Appetitanreger in kleinen Bechern und schiebt Kinderwagen, hakt die Alten unter, um dann in größeren Gruppen und an langen Tischen zu essen bis spät in die Nacht. Auf der Heimfahrt schweigen wir und atmen den Duft der dickblättrigen dornigen Sträucher ein, der jetzt nach Anbruch der Nacht besonders intensiv ist. Die Fischer riechen die Aromen bis auf das Tyrrhenische Meer hinaus und finden in der Dunkelheit in den Hafen zurück.

In meinem Portmonee habe ich einige von Jans Bordkarten, seine Sparkassenkundenkarte und seinen Schwerbehindertenausweis, daneben habe ich einen gefalteten Comic von Heiner, den er mir noch in der Schule zugesteckt hat. Ein Adam-und-Eva-Comic, den er mir zum Trost zeichnete, als ich einmal gleich für immer verliebt gewesen bin.

Heiner ist der Junge auf den Fotos, der im Bett sitzt, sich eine Zigarette dreht, zugedeckt bis zum Hals und eine Kapuze auf. Er ist der Junge, den Jan gerngehabt hat. Heiner hat sich das nie gefragt, wen er mag, wen er will. Heiner ist einfach mitgegangen. Da musste keiner betteln. Dafür habe ich ihn gehasst. Aber wenn der polnischen Turnerin mal wieder die Kohleeimer zu schwer waren, die Ascheimer zu schmutzig und das Wetter für einen Einkauf einfach zu übel, hat Heiner auch keinen Aufstand gemacht und hat das übernommen.
Er hat mit mir vor unserem Einzug die ganze Wohnung gestrichen und die Möbel hochgetragen. Jan musste so was nie.

»Immer kommt ein neuer Tag und ein immer gleicher Ablauf folgt: immer Strand, immer Erfrischen, immer Aperitif und an einem anderen Ort fünf Gänge und immer Müdigkeit und eine Flut von Hitze. Und Mühe, die Fülle zu bewältigen«, sage ich und wecke das Haus, als die Sonne am Morgen durch das Fenster brennt.

Wenn Jan so vor mir sitzt, unter der Decke auf der Couch vor dem Fenster seines Zimmers, Kopfhörer auf den Ohren. Wenn er plötzlich auflacht, dieses halllose Lachen, das ebenso schnell wieder abbricht, wie es in der Welt war. Dieses Lachen, das ich keinem Scherz zuordnen kann, weil ich nicht höre, was er hört.
Und jetzt: Da ist es wieder, dieses Lachen. Diese Verknüpfung zu der Welt von gestern. Monn lacht laut in sich hinein. Ich schmunzle zwischen den Welten zurück.

Monatelang habe ich die Erwartung, dass ein schneeverwehtes Rauschbild irgendeiner unbelegten Sendefrequenz vor meinen Augen auftaucht und mir die Sicht nach außen versperrt. Generalisierte Angststörung, sagt Jan, und ich höre es zeitverzögert.
Von dieser Angst, die mich an einem Julimorgen auf dem Heimweg überwältigt und mich monatelang nicht

wieder verlässt, hat Jan viel gehört und verschreibt mir synthetische Enthaltsamkeit.
Er sagt: »Das ist alles nur in deinem Kopf.«
An schlechten Tagen findet er, dass ich übertreibe, und fragt mich: »Weißt du eigentlich, was ich alles habe?«
Und Heiner redet schon lange nicht mehr mit mir. Nur mit Jan. Vielleicht ist Jan in Heiner verliebt. Das würde er mir nie sagen. Vielleicht war ich mal in Heiner verliebt? So etwas will ich gar nicht denken.

Einige Stunden sind wir am Strand in Capo Pero unter roten Felsen. Ein Krebs richtet sich auf schwarzem Mineralsand ein und blinzelt in die Sonne.

»Ach Eva«, sagt er leise und dreht dabei den Kopf zu mir hinauf: »Schmeckst du nicht das Salz in der Luft und auf deinen Lippen?«

Die Fliege landet auf meiner Ferse und lauscht, worüber wir reden.

»Ach Kleiner«, sage ich. »Ich reibe es tütenweise von der Haut.«

Und dann flüstere ich: »Nachts treffe ich Jan. Er steht vor unserer Haustür in der Grünberger Straße. Ich weiß nicht, ob er kommt oder geht.

Es ist ja nur ein Traum. Von mir will er schnell weg. Vorher sagt er mir immer noch etwas.«

Heute Nacht sagte er: »Eva, wie schön für dich, wenn du nicht glauben willst, dass ich tot bin, aber was soll ich den anderen sagen und wie soll ich damit fertig werden?«

Die rostroten Wunden der Eisenerzgruben klaffen umwuchert vom Macchiendickicht. Kriegsschauplatz Strand, denke ich.

Monn beginnt gerade, Matten zu rollen, Handtücher zusammenzulegen, Zeitungen zu sortieren. Wir fahren verschwitzt in unsere Bar an unseren Tisch in der Nähe des Hafens in Porto Azzurro.

»Aperitif ist Pflicht!«, hat Monn vor unserer Abreise angekündigt.

Während des Essens im Hafen von Rio Marina, eine halbe Autostunde entfernt, schweigen wir. Monn verhandelt mit der Bedienung die Gänge und den Wein. Ich esse gemischten Salat, eine große Schüssel Cacciucco, Pasta mit Sardellen, Kaninchen, Früchte und Eis, ohne nachzudenken, und Monn schaut mich in den Pausen an, ob es mir schmeckt, fragt er, und ich nicke.

Am Ende zahlt er und der Kellner verabschiedet uns in die Nacht.

Als wir dann über die Schotterpiste hinauf zu unserem Apartment fahren und aussteigen, will ich zuerst gleich ins Haus laufen und mich hinlegen, denn ich habe starken Seegang vom Inselwein, aber dann entdecke ich durch laute Stimmen, durch die Kronen der Bäume, einen Hollywoodstreifen auf großer Leinwand. Die überdimensionierte Hand eines Piraten eilt als blauer Schatten durch den Baum. Wir schauen durch seine Krone den Film. Die Blätter und ihre Schatten spielen mit den Bildern und ihrem Licht und das laute knatternde Geräusch der Filmrolle beruhigt mich. Ich lege meinen Kopf auf Monns Schulter. Eine Weile, ein eiliger Moment, ein andauernder Kuss. Ein Schwanken unter Rührung und Müdigkeit. Monn löst seinen Mund von meinen Lippen. Er greift nach meiner Hand, zieht mich hinter sich her ins Haus. Ich lasse mich ziehen, stolpere nach, lasse mich berühren, drifte ab. Und dann wieder: Nacht. Schlaf, der überall hockt. Ich dämmere.

Jan sagt: »Wir lieben uns ja nicht.«

Ich fahre hoch, schreie: »Jan!«

»Eva!«, schreit Monn. »Eva, du träumst!«

Monn bringt mir Wasser.

Er hält mir ein Glas hin: »Eva, trink!«

Ich trinke und lasse mich zurückfallen auf die Matratze.

»Du hast nur geträumt«, sagt Monn noch einmal.

Ich schaue ihn nicht an, aber ich fauche: »Das hier ist der Scheißtraum!«

Monn legt sich dicht neben mich und beobachtet mich aus den Augenwinkeln. Ich schließe die Augen.

»Du tust mir leid«, sagt Monn. »Du tust mir leid.«

Ich suche eilig seine Hand und ich sage: »Man sagt das immer so zu den Übriggebliebenen.«

»Das sagt man immer so«, sage ich noch einmal. »Man versucht, die Angst des anderen zu kontrollieren, sonst kriecht sie in dich hinein. Ja?«

»Nein«, sagt Monn.

»Ich habe Jans Angst nicht ausgehalten. Furchtbar, wenn er geweint hat.«

»Ich verstehe«, nickt Monn.
»Ja«, lache ich. »Ja, natürlich.«

Jan hat ein Buch bekommen von einer Therapeutin. Seine Arbeitsamtstante hat ihn zum psychosozialen Dienst geschickt, weil er krank ist im Kopf. Da lachen wir. Einmal lachen wir darüber. Ein anderes Mal erzähle ich es Heiner in Jans Beisein, da lachen wir nicht.
In dem Buch steht auch etwas über Trauer und ihre Phasen. Da lachen wir über das Pseudoleben mit dem Verstorbenen.
»Na, da habt ihr ja was vor euch«, sagt Jan.

Der Weg nach Scaglieri ist uns am Morgen zu weit. Wir fahren in Richtung Porto Azzurro und schlendern über den Markt. Bei einem Chinesen kaufe ich mir ein rotes Kleid aus Indien. Monn packt eine halbe Melone in die Kühltasche und überlegt, noch eine zu kaufen, kauft polierte Äpfel, eine Nussmischung und Wasser, dessen Plastehüllen beschlagen sind.

Ich greife mir eine der Flaschen und lege sie mir kühlend in den Nacken.

Wir laufen den Sandweg vom Parkplatz hinunter nach Barbarossa, mit eigenem Schirm und Kühltasche und Decken und Hüten. Ich liege auf einem Handtuch, Steine drücken im Rücken.

Ich steige die Stufen zu meiner Wohnung hinauf, nach jedem Schritt schlägt der schwere Einkaufsbeutel gegen mein Schienbein. Meine rechte Hand durchsucht eigenständig meine Tasche nach dem Schlüssel. Als ich keinen finde, klingele ich, aber es öffnet mir niemand. Ich sinke auf die Stufe vor der Wohnungstür und fühle in meiner Jacke den Schlüsselbund, greife hinein und erhebe mich sofort wieder, am Schlüssel zerrend, und schiebe ihn in die Öffnung des Schlosses. Nach dem Eintreten ramme ich mit meiner Tasche einen Karton, der hinuntergerissen wird. Laut scheppert Glas zu Boden. Meine Hand raschelt über die Raufasern der Tapete, als sie den Lichtschalter sucht. Ich nehme meine Tasche von der Schulter und stelle sie ab. Ich hieve den heruntergefallenen Karton wieder auf die beiden anderen und schiebe mit einem Fuß die Scherben auf dem Boden zusammen.

Auf dem Anrufbeantworter ruft eine Frauenstimme: »Eva! Wir wollen Jans Sachen abholen. Ruf uns doch bitte mal zurück.«

Ich lösche die Aufzeichnung, heize alle Räume der Wohnung und stelle die Ascheimer vor die Wohnungstür.

Ich wühle in meinem Kopf, immer wieder und wieder von vorn, ob ich mich noch an den genauen Wortlaut erinnere, ich will mich vergewissern, hat Jans Neurochirurg im Sommer damals von vier Wochen oder von vier Monaten gesprochen. Gab er ihm noch vier Wochen oder vier Monate? Vier, denke ich. Aber vier was? Ich würde es gern wissen. Ich muss nachrechnen, wie hoch die Differenz ist. Ich will feststellen, wie hoch die Differenz ist. Monate? Wochen?

Mo na te? Wo chen? Nach dem Aufwachen, während der Arbeit, während des Schlafs, nach dem Aufwachen, während der Arbeit, während des Schlafs, nach dem Aufwachen, während der Arbeit, während des Schlafs.

Und dann konzentriere ich mich auf Jan und ziehe ihn aus einer kleinen Legendenform aus Perlmutt, die ich mir für ihn ausgedacht habe, aus der ich ihn oft herausziehe, wie eine Handpuppe, und ihn durchschüttele und ihm mein jetziges Leben zeige und sage: »Morgen gehen dahin. Tage, in denen ich versumpfe.«

Ich und ich, wir erzählen uns, was wir erinnern. Stimmen über ihn. Wir rückversichern uns. Wir bleiben uns. Ich und ich und er. Hier jetzt ich und er und dort damals wir. Dann und wann.

Ungeziefer in meinem Kopf. Um mich surrt eine Fliege, die nichts davonträgt und mich anglotzt und mich fragt, wie auch Bäume und Steine. Sie fragen, sie löchern mich. Mal antworte ich, mal bleibe ich stumm. Schlage die Fliege tot. Sammle sie ein in ein Glas. Wie die Erinnerung an eine unerlaubte Frage, der ich stumm begegne und sie doch nicht vergessen will.
An eine Antwort wage ich nicht zu denken.

Jans Sachen, meine Sachen, Heiners Sachen. Wie in einem Lied von gestern.

In der Küche stelle ich den Beutel mit dem Einkauf auf einen Stuhl und nehme einen Topf aus einem Unterschrank, fülle Wasser hinein und platziere ihn auf der hinteren Flamme. Ich tue

Salz und Safranfäden, ein Lorbeerblatt und Paprikapulver hinzu, nehme das Huhn aus dem Beutel, löse es aus der Plasteverschweißung, spüle es unter kaltem Wasser ab, putze das Gemüse, würfele es und gebe alles in das Wasser im Topf. Ich setze mir einen Kaffee auf, durchwühle einen Stapel Zeitungen auf dem Tisch. Im Ofen zischelt das Feuer, es riecht nach Braunkohlestaub, nach Asche und nach den Zutaten der Suppe auf dem Herd. Ich zünde mir eine Zigarette an. Unter die Fensterbank hindurch drückt sich eine leichte Brise und der Herbstregen schlägt laut gegen die äußere Scheibe der hohen Doppelfenster. Zwischen ihnen rinnt das Kondenswasser in langen Tropfenfäden hinunter in den porösen Kitt zwischen Glas und Rahmen. Ich ziehe das Bündchen meines Pullovers über die Handinnenfläche und wische ein Loch auf die beschlagene Scheibe. Dahinter ist nichts als Blaugrau, Regen und Himmel vermischen sich, und nur undeutlich zeichnen sich die Fenster der gegenüberliegenden Hausfront ab. Ich öffne das Telefonbuch in meinem Handy und tippe Jans Nummer an. Ich höre es rufen und lasse es lange klingeln. Niemand nimmt ab. Ich nehme eine weitere Zigarette aus der Packung, brösele den Tabak langsam auf ein Stück Papier, zerpflücke den Filter und ziehe Faser für Faser auseinander. Das wiederhole ich mehrmals, um schließlich alles zusammen auf eine Zeitungsseite zu tun, diese zusammenzuknüllen und in den Mülleimer zu werfen. Rauchen kann ich auch nicht mehr.

Ich drehe mich zum Fenster und hauche gegen die Scheibe: »Wie meterdickes Eis. Bis hinter den Horizont.«

Dann stehe ich auf, öffne die obere Ofenklappe, stochere mit dem Haken in der Glut und schließe beide Klappen, wobei etwas Schamotte auf den Boden fällt. Ich gehe in den Nachbarraum und schließe auch die untere Klappe des Badeofens. Ich ziehe das Mobiltelefon aus der Hosentasche und wähle wieder Jans Nummer.

»Ja?«

Ich drücke die Taste mit dem roten Telefon, werfe das Telefon auf den Küchentisch, es schlägt zweimal auf und springt in die Ecke unter das

Fensterbrett. Ich drücke mein Gesicht ganz fest in meine Hände und schüttele mich, als ob ich friere, und ich friere plötzlich auch. Ich stelle das Radio laut, schmecke die Suppe ab und ziehe das Huhn aus dem köchelnden Gemüsewasser.

Herr Fischer, Herr Fischer: Wie tief ist das Wasser?
Kein Grund zu sehen.
Dann warte ich.

Ganz leicht löst sich das Fleisch von den Knochen und fällt auf den Teller. Ich spieße es auf eine Gabel und tue es zurück in die Suppe und lasse sie noch einmal aufkochen. Aus einem dampfenden Beutel tue ich zwei Löffel Reis auf einen Teller und fülle mir die Suppe darüber. Ich setze mich wieder an den Tisch. Ich stochere mit dem großen Löffel in der Suppe, tunke Brot hinein und schiebe es mir in den Mund.

Wir sitzen in der Kneipe von Jans Eltern am Alten Strom und feiern. Wir sitzen verstrahlt zwischen Herrengedecken, Arbeitern und Grog, zwischen Kaffeekännchen, Frankfurter Kranz und heißem Apfelstrudel mit

Eis und Sahne, zwischen Toast Hawaii, Würzfleisch und Soljanka, in vergessener Reihenfolge. Niemand flippt unerwartet aus. Wir sitzen am Tisch ganz in der Nähe des Ausschanks. Jans Vater und seine Mutter setzen sich zu uns, bringen uns Getränke und Gerichte.
Gegen Mitternacht schlägt Jans Mutter den Gong für die letzte Runde. Jans Vater zählt das Geld vom Abend, legt das Wechselgeld zurück in die Kasse und wir unterhalten uns. Wir trinken brav alkoholfreie Getränke und genießen den Stolz von Jans Eltern. Und ich bedanke mich für die Komplimente über meine großen dunklen Augen mit einem Schluckauf.
Dann verabschieden wir uns und fahren gegen fünf mit der Fähre nach Hohe Düne und dann weiter mit dem Bus drei Stationen zum Strand. Wir sehen, wie das Sonnenlicht weiter und weiter über das Wasser kriecht. Manchmal haben wir Strandsachen dabei, richten uns ein, schlafen bis Mittag und wachen verschwitzt zwischen unendlich vielen Urlaubern und Dialekten auf, kühlen uns in der Ostsee ab und frühstücken Bier und Eis vom Strandkiosk, bis uns schlecht wird und alles sich dreht.

Ich drehe den Wasserhahn im Bad an und lasse heißes Wasser in die Wanne laufen, gleich ist die Luft unangenehm feucht und ich mache einen Schritt auf den Deckel der Toilette am Ende des Raums, um die kleine Luke zu öffnen. Im Innenhof höre ich das Quietschen der Mülltonnendeckel, Schritte und das Ins-Schloss-Fallen der Haustür. Ich blicke hinaus in den kleinen Ausschnitt des Innenhofes, zwischen der Luke und der gegenüberliegenden Hauswand fällt immer noch der Regen in strengen Fäden hinunter. Kühle Luft wirbelt mir ins Gesicht, als ich Nase und Mund an den Rahmen presse. In gehe in die Küche, drehe im Vorbeigehen das Heißwasser ab. Ich krieche unter den Küchentisch und baue mit eingezogenem Kopf das Telefon wieder zusammen. Es funktioniert noch. Ich wähle Jans Nummer. Es tutet, es tutet und jemand nimmt ab.

»Haben Sie die Nummer neu?«, frage ich.

Ich klinge unerschrocken.

»Ja?«

»Haben Sie die Nummer neu?«, frage ich wieder.

Und tatsächlich, ich klinge unerschrocken, unbeteiligt. Als würde ich jeden Tag Menschen anrufen, um ihnen zu sagen, dass ihre Telefonnummer einem anderen gehörte, und ich weiß dann auch immer, wem.

»Ja!«

»Ich kannte den, dem die Nummer vor Ihnen gehörte«, führe ich weiter durch das Gespräch.

»Und jetzt hat er die Nummer nicht mehr?«

Er macht eine Pause: »Seine neue Nummer haben Sie nicht?«

»Er ist tot«, sage ich.

»Ach ja.« Stille und dann: »Aber manchmal rufen Sie ihn trotzdem noch an?«

»Manchmal. Ich weiß, aber trotzdem.«

»Woran ist er gestorben?«, fragt er.

»Er hatte ein Meningiom, das immer nachwuchs.«

»Ach. Krebs?«

»Ja.«

Dann lege ich auf.

Am Wochenende fahren wir im Herbst und im Winter ins Wellenbad nach Warnemünde. Mein Vater trägt die

Tasche mit unseren Schwimmsachen, meine Mutter geht mit mir an der Hand. Auf der Brücke vor dem Alten Strom füttern wir die Möwen, laufen quer durch an der Kirche vorbei zum Wellenbad.

Ich hocke am Ufer des Beckens auf dem Boden, fahre mit den Fingern über die Fugen der Fliesen und warte, bis die Wellen über meine Füße auslaufen und sich wieder zurückziehen. Wenn der Wellengang nach zehn Minuten vorbei ist, übe ich Schwimmen mit meinem Vater.

Später mit Jan und Heiner stehen wir am Ufer des Beckens, dort, wo die kleinen Kinder auf dem Boden hocken und ihnen die Wellen ins Gesicht spülen. Wir laufen ins Wasser und schlagen uns gegen die Wellen.

Und dann, wenn wir uns abgetrocknet haben und die Sachen aus den Spinden gezogen haben, uns angezogen und unter den Automaten die Haare gefönt haben, treffen wir uns in der Eingangshalle und laufen ein paar Schritte hinüber in die Broilerbar. Jeder isst einen halben Broiler. Ich esse eine tomatierte Hühnerherzsuppe, weil mein Vater das auch immer macht, und wir sind glücklich. Also, ich bin es.

Dann rechnet sich das Wellenbad nicht mehr. Ein Investor macht ein Samoa-Spaßbad auf und geht ein.

Alles geht ein an der Küste. Weder mein Vater noch Jans Vater und auch nicht Heiners Vater, keiner arbeitet mehr auf der Werft.

Nach und nach ziehe ich mich aus, lege die Sachen über den Stuhl in der Küche. Ich nehme das Telefon wieder vom Tisch und gucke es an. Ich lausche dem Brummen und Fiepen des Kühlschranks. Das beruhigt mich. Ich trotte ins Bad, steige in die Wanne und stehe im Wasser. Es ist mir noch zu heiß. Jetzt friere ich am Kopf und an den Schultern, nur meine Beine sind bis zu den Knien rot und heiß und meinen Rücken wärmt der Badeofen, aber es ziehen kleine kühle Böen durch das Bad. Ich muss eintauchen. Ich tauche und liege unter der sich beruhigenden Oberfläche. Mein Haar wogt um meinen Kopf, wenn ich mit den Händen unter Wasser kleine Bewegungen mache. An der Decke tanzt ein Lichtgewebe: ein weißer Streifen Lichtgold.

Jan kocht. Wir sind zu Besuch bei Heiner. Ich höre Jan und Heiner kichern. Sie haben geraucht, das rieche ich bis ins Bad. Jan kocht Reis mit Gemüse, und ich hoffe,

er macht nicht auch noch Dope rein. Sie rufen laut nach mir. Als ich in die Küche komme, steht das Fenster weit auf: Eiskalte Luft strömt herein, meine Haare sind nass, und ich friere umgehend. Ich schließe das Fenster und die Jungs sind enttäuscht, dass ich nicht lache.
»Ich weiß ja gar nicht worüber«, sage ich.
»Jan hat ein Kleid an!«, nörgelt Heiner.
»Jan hat dauernd Kleider an zurzeit«, sage ich.
Heiner guckt zu Jan und zieht staunend die Brauen hoch.
»Naja«, sagt er.
Jan lacht und wirft sich die Hand über den Mund.
Wir gehen aus.

Ein alter Kahn liegt am Ufer im Sand. Und wir lehnen uns an ihn. Unser Blick schweift zum Weg hinter den Dünen. Dort singt eine Amsel im Hagebuttenbusch. Kein Wind geht. Die Luft ist weich und still. Diese Stille ist kein Geräusch. Sie legt sich um uns wie eine vorauseilende Erinnerung. Wir werden uns hierher erinnern wollen. Das Licht der Sonne wärmt alle Farben. Hinter den Dünen stehen die Ahrenshooper Gärten üppig mit ihren dichten pieksenden Büschen. Jan will nicht gern zurück in die Reha-Klinik. Heiner und ich müssen ihm versprechen, auch morgen wieder zu kommen.

Ich steige aus der Wanne, weil ich durchgefroren bin. Das Wasser ist aus der Wanne gelaufen, der Stöpsel hält es nicht gut zurück. Ich muss eingeschlafen sein und von der Kälte aufgewacht. In der Küche höre ich Jan. Ich suche im Bad nach meinen Sachen, ich traue mich nicht in die Küche, wo sie über dem Stuhl hängen.

Ich greife über mich und zupfe ein Blatt der Schlingpflanze, die sich über ein langes Regalbrett an der Wand schlängelt, ab. Mit dem Daumen streiche ich den Staub hinunter, der in einer einzigen dicken Flocke auf den Boden rieselt.

Manchmal lachen wir unkontrolliert, schmeißen irgendetwas dazu und lachen unkontrolliert, und wenn uns unwillkürlich das Gesicht tanzt, nehmen wir das hin und nennen es Gesichtsdisko.

Jans Sterben hört nicht auf, er stirbt und stirbt. Keine Klinge bohrt sich tiefer und tiefer. Sein Sterben ist ein mir allgegenwärtiger Zustand.

Seinen Tod machen wir ihm so schön wie möglich. Wir versuchen es ihm leicht zu machen loszulassen. Im Tod eine Heimat finden?
Soll er das?
Ich halte seine Hand.

Im Hotel fragen meine Kollegen täglich, wie es mir geht. Ich bin die, deren Freund gestorben ist. An Krebs. Ich habe ihn bis zum Schluss gepflegt, heißt es. Sie sehen mir wochenlang Fehler nach, aber ich spüre auch, dass ich langsam wieder die ungelernte Kraft bin, der man übergenau auf die Finger guckt. Ich konnte wochenlang zu spät kommen, jetzt muss ich wieder pünktlich sein. Genau wissen, wer Jan war, wollte zuerst keiner, und jetzt antworte ich nur noch kurz angebunden auf Fragen nach unserem Verhältnis. Meine Chefin findet, dass ich unbedingt Urlaub machen muss, aber ich kann sie davon überzeugen, dass es mir gut geht.

»Die Arbeit macht mir Spaß«, sage ich.

Es ist jeden Tag das Gleiche. Abweichungen sind verschweigbar.

Im Meer, denke ich. Im Meer. Immer im Meer. Im Wasser die Geräusche der Fische. Kein Walgesang, kein Klicken und Schnattern der Delphine in der Ostsee, im Binnenmeer. Am Ufer das Geschrei der Seevögel. Hört man es da unten im Sand des Grundes?

In den letzten zwei Jahren alle vier Monate eine OP. Jans Launen machen das nicht mit. Manchmal ruft er mich jetzt alle fünf Minuten an. Tagelang, um nach zwei Minuten wieder aufzulegen. Er sagt mir, ich solle aufhören, mich zu bewegen, etwas bewegen zu wollen, es ist alles gut, sagt er, lass den Tag laufen. Ich geh nicht mehr gern ans Telefon. Er sagt, er überlegt, ob er aus dem Fenster springen soll. Er bekommt Angst vor sich selbst. Er glaubt, dass er verrückt ist.
Er ruft nicht mehr an. Ich fahre zu ihm nach Plau am See und erzähle ihm Episoden aus dem Alltag. Und: Ich überlege laut, ob seine Fixierung nicht geöffnet werden könnte. Ob ich das darf?

Ich sitze halbnackt auf dem Läufer vor der Badewanne, kühle die Stirn auf dem oberen Rand, richte mich auf, gucke darüber hinweg. Ich spreche mit dem schemenhaften Spiegelbild auf den alten Kacheln der gegenüberliegenden Wand.

»Ich werde zum Tier!«, sage ich. »Man gibt mir nicht, was ich brauche, ich gehe ein. So ist das. Vielleicht werde ich auch zum Kind: zu einem asozialen Kind oder zu einem dreckigen Tier.«

Ich stehe auf, gehe in den Korridor, drängele mich vorbei an den vielen Umzugskartons und schnappe mir das Telefon auf dem Tisch. Ich rufe Jan an. Ich will wissen, wie der Mann heißt. Vielleicht auch Jan. Nein, Jan nicht. Freizeichen.

»Ja?«

»Wie heißen Sie eigentlich?«

»Sie sind die Freundin von dem mit dem Krebs, ja?«

»Mit dem Krebs. Ja.«

»Monn. Rupert Monn. Und Sie?«

»Eva Blach. Sind Sie Berliner?«

»Ja. Nein. Gibt es hier Berliner?«, sagt er und lacht.

»Leben Sie wirklich in Berlin?«, frage ich.

»Wie hieß er eigentlich?«

»Jan. Jan Strübing. Wohnen Sie schon lange hier?«

»Ja. Schon ein bisschen.«

Monn raschelt mit Papier.

»Und Sie wohnen richtig in Berlin?«

»Ja, in Berlin. Und Sie?«, fragt er.

»Friedrichshain«, sage ich.

»Ach so. Um die Ecke«, antwortet er.

Und ich denke: »Ach so? Um die Ecke?«, frage aber nicht, weil ich zur Rede gestellt werde, weil ich Jan anrufe und Jans Nummer einem anderen gehört, der hier um die Ecke wohnt, und das soll ein Zufall sein.

»Ja?«

»Wollen wir ein Bier trinken?«

»Jetzt?«

»Ja?«

»Gut. Grünberger 34. Kommen Sie gleich? Ich hab auch Suppe gekocht.«

»Grünberger?«

»Ja. 34.«

»Ja. Gut. Eine Stunde?«

»Ja. Gut. Ich bin hier.«

Monn sagt nichts und hört sich fragend an und ich sage: »Bei Blach.«

»Ach ja, Blach«, sagt er.

Ich beschließe, nicht darüber nachzudenken, ob das etwas bedeutet. Es ist nur eine Telefonnummer, aber es ist Jans Nummer und es bedeutet etwas. Ich ziehe mich an und gehe Bier holen. Ich hole Bier und Orangensaft. Ich weiß nicht, was ich noch holen soll. Jetzt kommt Monn.

Mein Fahrrad lehne ich an einen Baum vor dem Spätkauf und kaufe ein. Als ich wieder herauskomme, sehe ich, wie ein Hund an meinen Beutel pisst, der am Lenker hängt. Ich schreie den Hund an, aber der guckt nur kurz zu mir hoch und trappelt weiter. Ein Typ dreht sich um und blickt zu mir und zum Hund, der Hund guckt zu ihm, schnüffelt sekundenlang hochkonzentriert, schaut zu dem Typ, läuft in seine Richtung. Ich hantiere mit den Flaschen und Tetrapacks und lege sie in den Korb hinter dem Sitz. Ich denke, der Idiot gehört zu dem Hund, er will einfach weitergehen, und deshalb reiße ich den Beutel vom Lenker, laufe ihm hinterher und drücke ihm den pitschnass in die Hand. Er guckt ängstlich, der Hund kommt an und riecht an meiner Hose und an meinen Händen, und ich tue unbeeindruckt, als würde ich mir täglich einen vornehmen.

Ich höre Jan lachen.

Zu Hause ist es zu kalt, glaube ich. Ich hole noch schnell ein paar Kohlen und lege etwas nach. Ich habe nicht geschafft, die Küche aufzuräumen.

Die Küche ist ein sehr hoher Raum, an seinen Wänden farbiger uralter bröckelnder Putz, und sein Fußboden ist mit braun geringeltem Linoleum ausgelegt, was man kaum sieht, weil er Zentimeter für Zentimeter mit Geschirr zugestellt ist, aber nicht in die Höhe, sondern dicht nebeneinander stehen Tassen und Untertassen, flache, tiefe, kleine Teller, Schüsseln aus Glas, Metall und Keramik und Besteck, Messer, Gabeln und Löffel. Ein Meer aus Essutensilien mit Reliefs getrockneter Speisereste, mit Moosimitationen und kleinen Ölteppichen.

Ich setze Wasser auf und lasse die Spüle volllaufen. Da klingelt es. Ich gehe zur Tür. Mir ist ganz schlecht. Ich öffne.

Ich sage: »Hallo.«

Rupert Monn grüßt mich nickend.

Wir sitzen in der Küche.

Er sagt: »Du hast aber viel Geschirr.«

»Ja«, ich nicke und hebe ein paar Teller und Schüsseln auf den Spülenrand.

»Angelst du?«, fragt Monn und zeigt auf ein Schraubglas mit dem toten Ungeziefer.

Mein Blick haftet an dem Glas, das zu drei Viertel voll ist.

»Ja«, lächle ich.

Nein, denke ich. Ich glaube auch nicht, dass Fliegen gute Köder sind, aber ich sage lieber nicht: »Nein, ich sammle tote Fliegen.«

Dann sage ich, dass es doch verrückt ist, dass er ausgerechnet hier um die Ecke wohnt.

»Ja, so was habe ich auch noch nie gehört!«, ruft er laut aus und lacht, dass ich mich erschrecke. Monns Überraschung ist mir richtig unangenehm. Ich kann mich seiner Begeisterung nicht anschließen. Ich lächle und nicke fast schon rhythmisch. Ich frage, ob er Zucker möchte oder Milch oder lieber ein Bier?

»Ich habe auch Saft da, wenn du willst«, sage ich.

Ich denke daran, dass ich vor einigen Wochen im Zug nach Rostock neben einem Mann gesessen habe, der genau im gleichen Buch auf der gleichen Seite las wie ich und der deswegen ganz aus dem Häuschen war, ich aber nicht. Ich kann das nicht. Wenn ich seine Begeisterung geteilt hätte, hätte er das womöglich für Begeisterung für ihn gehalten, sicher hätte er das, und das wollte ich auf keinen Fall, doch manchmal denke ich daran, und dann bin ich nachträglich noch ganz überrascht, über diesen Zufall, aber Monn erzähle ich das nicht.

Vielleicht ist Monn Esoteriker? Ein Quasispiritueller? Monns Geschichten über ungewöhnliche Zufälle überschlagen sich, ich sehe, wie seine Lippen sich bewegen, ein schöner voller Mund, aber ein bisschen viel, was da über seinen Rand quillt.

Und dann sagt er: »Also, das Telefon hab ich aber von Heiner Friedrich. Den kennst du doch auch? Dein Jan hatte es auch von ihm. Das ist so ein Vertragshandy. Keine Ahnung. Er hat es mir gegeben. Ist ein sehr günstiger Vertrag.«

»Ach!«, sage ich. »Ach so.«

So schnell entknotet sich der wirre Zufall und von selbst, aber Schicksal kann es noch sein.

Monn wird still und ich nehme an, er langweilt sich. Ich nicke nur und sehe seinen Mund mit anderen Augen. Er trinkt seinen Kaffee aus und hat noch eine Verabredung. Ich sehe ihm nach, als er die Wohnung verlässt und die Treppe hinuntergeht. Ich hatte Besuch. Ich staune über den Verlauf dieses Besuchs. Ich suche mein Handy und rufe Heiner an.

»Ja?«, sagt er verschlafen.

»Hier ist Eva. Willst du Jans Schreibtisch?«

»Eva?«, Heiner weiß nicht, was er sagen soll: »Den Schreibtisch? Ja. Ziehst du um? Wann soll ich kommen?«

»Nein, nur so. Also vielleicht doch. Ich weiß es nicht. Wann kannst du?«

»Ich ruf dich an?«

»Ja. Ach, der Monn war heute hier.«

»Rupert? Woher kennst du den denn?«

»Ich hab ihn mal angerufen«, sage ich. »Aus Gewohnheit!«

»Ja, ist ja gut«, sagt Heiner.

Jan beginnt zu krampfen. Erst einmal und dann in größeren Abständen wieder und wieder. Wieder und öfter in kürzeren Abständen. Dann geht er ins Krankenhaus. Erst zur Untersuchung in die Sprechstunde. Sie machen einen Termin und er geht zur Operation für mehrere Tage dorthin. Schon im Aufwachraum dürfen wir ihn besuchen. Er hat immer großen Hunger. Danach fährt er zur Kur, drei Wochen nach Plau am See. Die Fassung steht mir. Ich spüre wenig. Wir weinen selten zusammen. Manchmal täglich.

Ich trete in Fassung. Ich verliere sie nicht, ich trete in eine feste Form, die mich umfasst und größere Reflexe unterbindet, mich in der Starre hält. Es hat begonnen, zu Ende zu gehen, die Abstände deuten es an, das Auf und Ab wird bei Ab enden. Glauben kann ich das nicht, aber ich weiß es.

Heiner stellt aus Überdruss, aufgrund übermäßigen Nichtstuns schließlich das geregelte Leben ein, er stellt es um. Insautosteigen, Ausdemautosteigen, die Landschaftvorbeirasenlassen dazwischen, Kiffbesorgen, Imschattenuntereinembaumliegen und einen Kopf reinigen, O-Saft trinken und einen Kopf stopfen, etwas verticken, den gestopften Kopf rauchen, ein Pfeifchen oder einen Joint, den dann aber immer nur pur. Hastet von Donnerstag bis Montag früh durch die Berliner Klubs, beginnt mit den Vorpartys und endet nach vier Nächten ohne Schlaf mit synthetisch induzierter Gesichtsdisko in einer Ambienthöhle zum interkulturellen Chillout, von wo aus wir ihn manchmal abholen, auch wenn er uns abzuwimmeln versucht, weil die Party für ihn erst richtig losgeht. Jan und ich nicken der bleichen Leiche mit Mangablick nur noch zu. Wir wollen ihm damit sagen: »Komm, es wird Zeit aufzuhören, ab jetzt ist das kein Spaß mehr, ab jetzt ist es Gift!«

Wir wollen ihn brutalst wiederbeleben.

Aber der verdient damit auch sein Geld.

Jan greift nach Heiner. Oder Heiner nach Jan? Ich weiß nicht, wie es beginnt. Sie greifen nacheinander und verschwinden. Manchmal tauchen sie schnell wieder auf, manchmal bleiben sie ganze Nächte in Jans Zimmer verschwunden. Jan läutet diese Nächte ein, indem er uns bekocht. Bei Heiner deutet alles darauf hin, wenn er Jans Blick sucht, übertrieben häufig seinen Blick und sein zustimmendes Lachen auf idiotische Sachverhalte sucht und mir zwei Köpfe stopft.

»Was ist das bitte?«, frage ich Jan.
»Ach Eva«, winkt er ab, »wenn der nicht ständig diese breite Fresse hätte, würdest du sehen, wie hübsch der ist.«
»Ich weiß, wie schön der ist, aber ich würde ihn nicht anfassen, dieses dreckige Tier.«
»Eva, wir lieben uns ja nicht.«
»Jan, ich bin mir da nicht so sicher! Pass auf dich auf. Das ist ein Stricher, der lässt sich auch für einen Döner ficken. Der braucht deine Stimme, nicht deine Küsse.«
Jan zischt mich nur an. Er entfernt sich von mir. Ich beginne, Heiner zu hassen. Aber wir leben weiter in einem Rahmen. Zuerst hasse ich sehr leise. Ich schmiege mich an Jan und dränge Heiner ab, aber seine Saugnäpfe sind stark.

Wenn Jan seine Anfälle bekommt, machen wir ein paar Wochen Pause von unserem Lieblingsteil des Lebens. Wir gehen nicht aus. Heiner macht gezwungenermaßen mit, weil er seinen ungepflegten Körper von allein nicht von der roten Ledercouch bekommt, die vor dem Fenster in seinem Zimmer steht, durch das die Sonne am Nachmittag fällt – ihm wärmend ins Gesicht. Ich lasse dann auch den Fernseher an, weil ich Heiners Zufriedenheit oder das, was ich dafür halte, nicht stören will. Heiner beugt seinen Oberkörper tiefer über einen Wischeimer und raucht seine Lunge blutig. Wenn Jan seine Anfälle hat, eimert Heiner Platte – immer, das ist sein Schlafritual, seine Schlafversicherung, sicher nur halb wahrzunehmen, seine Halbwahrnehmungsversicherung. Ein Schlaf ohne Traum.

Nachts schleicht Heiner in mein Zimmer und flüstert mich wach. Er hat Jan an der Hand, der nicht weiß, wo er ist. Jan schläft jetzt oft bei Heiner oder er findet zu ihm, er hat große Angst, sagt er, dass er ganz alleine ist, und davor, dass ihn jemand sieht, wenn er krampft. Ich bin damit beschäftigt, so zu tun, als mache es mir nichts aus, zu sehen, wie Jan krampft, wie er einmacht und wie er sich in einer anderen Zeit befindet oder in keiner. In seiner Orientierungslosigkeit wird mir prompt klar, dass ich nie weiß, wann ich und wie ich hierher in dieses funktionierende falsche Leben geraten bin. Geraten von raten. Wie eine zufällig mir zufallende Antwort, auf eine von mir nie gestellte Frage und ein Geschenkscherz keiner vorausgegangenen Bitte. Jan spricht in diesen Wochen nicht viel, und wenn, betont leichtes Zeug. Er ist blass und umarmt mich bei jeder Gelegenheit. In den Tagen um die Anfälle wollen wir gesund leben. Das schöne triebhafte Leben lassen wir uns für die Feuerpausen, auch die vermeintlichen. Wir schlendern mit den Einkäufen die Straßen entlang, untergehakt laufen wir über den Bersarinplatz nach Hause. Ein paar Tage später gehen wir dann ins Krankenhaus und lassen ihn untersuchen. Wir erhalten immer die gleiche Diagnose. Das Meningiom wuchert. Es wächst immer nach. Es hört nie auf zu wachsen, nur sehen kann man es zeitweise nicht, sodass wir fühlen, es wäre endlich vorbei, während wir wissen, dass alles immer so weitergeht. Bis ins Aus.

Am Morgen erwache ich durch das Telefon, das in der Küche surrt und schabt und laut läutet. Ich schlage die Decke zurück und eile durch die Wohnung und greife nach dem zuckenden und klingelnden Ding auf dem Tisch.

»Blach«, sage ich.

»Ich bin es«, sagt Monn. »Wollen wir uns treffen?«

»Ja«, sage ich. »Ich dachte, dir war es zu langweilig.«

»Ja. Nein«, sagt Monn.

Wir verabreden uns am kommenden Nachmittag in der Wohnung von Monn in der Sonntagsstraße.

Ich sitze auf einem Fensterplatz der S-Bahn. Draußen ist es gerade noch hell. Die Bänke auf dem Gleis der Haltestelle Warschauer Straße sind nicht mehr besetzt. Die Leute drängen sich bereits auf beiden Seiten vor die sich öffnenden Türen der S7, um ein- und auszusteigen. Ich rücke näher an die Fensterfront, drücke Schulter und Kopf gegen sie und schaue hinaus. Die Ausgestiegenen laufen gerade durch die Eingangshalle, die auch Ausgangshalle ist, vorbei an den Großhandelsbehältern für Schnittblumen und die Zugestiegenen drängen sich dicht um mich, die ich meine Wange am Fensterglas kühle und eine Bank auf Gleis vier nicht aus den Augen lasse. Der Bahnsteig ist nun fast menschenleer.

Ich sehe ihn auf der Bank sitzen. Warschauer Straße, mittlere Bank auf diesem Gleis. Er wartet, dass mich die

Bahn auswirft. Mit einem kleinen Teil seines Hintern hockt er unruhig auf der Bank und hofft, dass ich jede Minute ankomme. Seine große Tasche liegt eng an seinem Rücken an, sodass er kaum Platz zum Sitzen hat. Ganz oben zwischen den Fingerspitzen hält er eine Zigarette, an der er alle Sekunde zieht. In den Sekundenteilen, in denen er nicht nervös an der Zigarette zieht, fährt er sich durch seine flusigen Haare und streicht den Pony aus dem Gesicht. Seine Knie drückt er zusammen, aber seine Füße stellt er weit auseinander, weil er das für feminin hält. Wenn ich aus der Tür steige, springt er sofort auf, drückt den Zigarettenstummel auf dem Rand des Mülleimers aus, schiebt Gurt und Tasche zurecht, kommt auf mich zu und küsst mich rechts und links auf meine Wangen.

Wir gehen zur 20 und fahren nach Hause. Die letzten Schritte laufen wir, an der Haustür stolpern wir übereinander. Wir lachen laut. Ich schlage mit der flachen Hand gegen seinen Hinterkopf. Ich gehe den kurzen Treppenabsatz langsam hinauf, weil ich plötzlich merke, dass ich eine Frau bin.!

Ich tue genervt, er fragt: »Warum?«

Wir lachen über Plötzlich-Frau und warum, warum.

Doch ich sitze hier. Ich sitze auf einem Kunststoffsitz am Fenster einer S7, rekapituliere mein mageres Leben mit Jan Strübing, und vor mir sitzt ein Schwitzhaar, der sich nicht ganz sicher ist, ob er unauffällig genug in seine Übergrößenhose onaniert.

Jetzt dehnt sich wieder das Unangenehme in der Zeit aus. Die Verbindung zwischen dem Schwitzhaar und Jan ist Formalin. Die rosawässrige Flüssigkeit, die das zu diagnostizierende Gewebe fixiert, in seinem Zustand festhält. Formalin fixiert mein Erinnerungsgewebe. Ich erinnere mich und erinnere mich. Während das Schwitzhaar fixiert aussieht, als könne er nur noch fixiert S-Bahn fahren, Schwitzhaar, Schwitzstirn, kalkig und Schwitzhose. Nur noch ein Bewegungsablauf. Ohne Scham.

Jan hat zum Schluss keine Scham mehr. Er reibt sich den Bauch oder den Schwanz, das will ich nicht genau wissen. Es ist irgendein gleichmäßiger, reibender Bewegungsablauf, bei dem ich nicht anwesend sein will, aber es muss, weil er nicht mehr damit aufhört. Es ist wie ein letztes dringendes Bedürfnis, von dem ihn erst recht kein Frontalhirnsyndrom abbringen kann. Er ist nicht mehr bereit, mit irgendetwas aufzuhören, was er schön findet. Er versteht auch gar nicht, warum mich das stört.

Der süße Geruch von Formalin ist nur eine Erinnerung, aber er legt sich auch erinnert hauchdünn auf meiner oberen Rachenhöhle ab. Wird schmeckbar. Unwillkürlich.

Steigt in den Kopf. Ich erinnere Brechreiz. Ich erinnere Spucken. Ich erinnere Schlaf.

Jan, denke ich, Jan.

Ich bleibe sitzen. Warschauer Straße. Zurückbleiben bitte. Die Türen schließen selbsttätig. Ich fahre eine Station weiter. Ich kann gleich direkt zu Monn fahren und ihm beim Kochen zugucken. So füllt sich die leere Zeit mit etwas Monn. Mit Monn, den ich kaum kenne, der mich kaum kennt, was entscheidender ist. Also gehe ich nicht vorbei an der leeren Bank, von der keiner aufsteht, um mich zu begrüßen. Ich muss auch nicht nach Hause in eine halbleere Wohnung und mich vorbeidrängeln an Bananenkisten, die den kleinen Korridor verstopfen. Bananenkisten, die in der einen Woche gefüllt sind, vollgestopft mit Jan Strübings Sachen, und in einer anderen Woche leer vor der Wohnungstür aufgestapelt stehen, weil ich alle Sachen wieder auf den alten Platz gestellt habe, um meine Erinnerungsfähigkeit zu überprüfen, sehen will, ob in meinen Kopf eingebrannt ist, wo alles gestanden hat, ob ich noch weiß, wie alles gewesen ist in meinem längst verstrichenen Damals. Ich muss heute nicht räumen, nicht wischen und lüften, weil die Wohnung nach Jan Strübing riecht, oder an seinen Sachen riechen, weil die Wohnung nicht mehr nach ihm riecht.

Ich kann bei Monn in den Annoncen der *Zweiten Hand* blättern, die ich mir heute Morgen gekauft habe, und mir eine neue Wohnung, nicht weit von meiner jetzigen, suchen. »Ins Vorderhaus, am liebsten ins Vorderhaus mit Blick in unsere Küche.«

Jan schwimmt mit großen Zügen aufs Meer hinaus. Er dreht sich auf den Rücken. Er hebt den Kopf und winkt mir umständlich zu. Ich sehe ihm nach.

Die S-Bahn gleitet leise zischend über die Gleise, legt sich kaum merklich in die letzte Kurve und fährt in den Bahnhof Ostkreuz ein. In Fahrtrichtung links schiebe ich mich zur Tür. Der Feierabendstrom nimmt mich mit die Stufen hinunter. Ich schiebe mir meinen Rollkragen über das Kinn, rempele gleichmäßig rechts und links innerhalb des Trosses, einer Masse, die die Treppe hinunterwabert, stoße einen Ellenbogen in die Hüfte eines Mannes, erhalte den Stoß zurück und stoppe mit der Nase kurz über dem Scheitel meines Vorgängers auf dem unteren Drittel der Treppe und gelange Sekunden später in einem merklich kleineren Strom fremder Menschen durch den Ausgang in die Sonntagsstraße.

Ich suche ihn zwischen den Köpfen. Ich suche ihn nicht wahllos hinter jedem Brillengestell. Ich erwarte nicht, dass er jemand anderes geworden ist, dass mir ein Kassengestell mit ein wenig Swarovski entgegenkommt und mir zuraunt: »Ich bin es! Eva!« Ich suche ihn. Ich suche den nicht mehr zu erwartenden Moment. Ich suche den nicht mehr zu erwartenden Freund. Die Panik, dass ich ihn wiedersehen könnte, ist dabei genauso groß wie der Wunsch, ihn wiederzusehen, ihn wieder veralltäglichen zu können. Ich weiß nicht, ob ich mit ihm reden würde: Ich kann doch nicht mit einem Toten sprechen! Und freuen würde ich mich. Sofort denke ich an seine Hände. An seine Arme. An seine Umarmungen. Ich fühle die Wärme noch nach. Das Nachfühlen seiner Wärme ist wie Fingernägel, die über Tafeln kreischen. Und wie Ankommen.

»Eva!«, lächelt Monn.

Im Korridor ziehe ich langsam meine Stiefel aus, obwohl Monn beteuert, dass das gar nicht nötig ist. Er geht zurück in die Küche. Ich streiche mir meine Hose glatt, krempele meine Hemdsärmel hoch und gehe ihm nach. Ich stehe im Türrahmen und blicke in den hellen Raum. Monn dreht manchmal den Kopf zur Seite und lächelt mich an.

»Ist gleich fertig«, sagt er.

Ich lehne Schulter und Kopf an die Zarge. Es riecht nach Fisch, der im Ofen gart. Monn rührt

Maisgrieß mit Milch an, er reibt ein Stück Parmesan und tut zwei Hände voll in den Topf.

»Mămăliga«, sage ich.

»Polenta«, sagt er.

»Plent.«

»Maisgrieß international«, sagt Monn.

Ich nicke. Und denke Monn, lächelnd denke ich: Monn.

Ich schaue mich in der Küche um. Ein schmaler hoher Gang mit einer Küchenzeile aus hellem harten Holz auf der einen Seite und einem Tisch umringt von vier Stühlen vor dem Fenster. Drei große Glaskugeln dicht unter der Decke beleuchten den Raum. Am Ende auf Augenhöhe ist eine Postkarte an die Scheibe geheftet. Eine Frau steht an einem geöffneten Fenster und sieht auf eine Bucht hinaus. Der blaue Stoff ihres Sommerkleides schmiegt sich eng an Taille, Hüfte und Gesäß. Ich lache laut auf, als ich »Gesäß« denke. Monn stört das nicht. Das dunkle Haar der Frau ist zu einer wellenartigen Frisur verknotet und sie stützt sich mit den Ellenbogen auf einer grünen Fensterbank ab, beugt sich hinaus und sieht hinüber zum Horizont, an dem sich ein anderes Ufer abzeichnet. Davor liegt ein Segelboot, und die Oberfläche des Wassers ist übersät mit kleinen gleichförmigen Wellen.

»Das Ufer ist ein Rand, über den das Wasser immer drängt. Alles um uns ist Grund. Wir nennen es Land, aber es ist Grund«, flüstere ich zur Stubenfliege, die mich umschwirrt. Ich greife eine Zeitung vom Tisch, rolle sie zusammen und erschlage die Fliege, hebe ihren kleinen schwarzbraunen Körper von den Dielen auf und stecke ihn in meine Jackentasche im Flur.

»Alles klar?«, fragt Monn.

»Ja«, lächle ich. »Nur eine Fliege.«

Monn bittet mich, dass ich mich setze, und füllt mir ein Glas Wein ein. Er reicht mir die Platte mit Heringen, deren Bäuche mit Thymianzweigen gefüllt sind. In kleinen Bissen esse ich den Teller leer und ordne die fast durchsichtigen Gräten am Rand des Tellers sorgsam an. Das Telefon läutet und Monn steht auf, nimmt ab, spricht einige Sätze und setzt sich wieder an den Tisch. Nachdem es zum dritten Mal geläutet hat, frage ich: »Rufen manchmal auch Leute an und fragen nach Jan?«

»Nein. Nein, nie«, sagt er, »außer dir niemand.«

Monn reicht mir einen Stapel mit Fotos und ein Glas Birnenschnaps. Ich kippe den Kopf in den Nacken und halte dabei das Glas an die geöffneten Lippen. Dann blättere ich in den Fotos: Italien. Monn, den ich erst wenige Tage kenne, hat mir schon seine Liebe zu Elba gestanden: zu den Meerestieren und Meeresfrüchten und den Früchten und dem Gemüse aus der Erde des Inselinnern, den emigrierten Schirmkiefern, den Erzen, dem Klima und dem immer anwesenden Tyrrhenischen Meer, über dem im Hochsommer hitziger Nebel schwebe, der die klare Linie des Horizonts verwische.

»Ich fahre im Sommer wieder hin«, sagt er.

»Schön.«

»Du kannst ja mitkommen.«

Ich lache: »Nein, nein.«

Monn bietet mir einen Kaffee an. Wir rühren in den kleinen Tassen, bis sich der dicke Zuckergrund gelöst hat, und nippen.

»Weißt du, was meine Tante immer sagt?«, frage ich.

Monn guckt mich an: »Na?«

»Sie sagt immer beim Kaffeetrinken, wenn jemand sagt: Kann ich mal den Zucker haben, dann sagt sie immer: Nein, das soll Kaffee sein.«

Monn lacht nicht, aber ich.

»Ist er dir zu dünn?«

»Nein, ist mir nur grad eingefallen.«

»Ich kann dir stärkeren kochen?«

»Nein. Das war nur ein Witz.«

»Ich kann dir wirklich neuen kochen.«

»Nein. Das war wirklich nur, das haben wir immer gesagt.«

Ich schaue ihn an. Er tut mir leid.

»Ist wirklich super, der Kaffee.«

»Espresso«, sagt Monn.

Auf dem Heimweg kaufe ich einen Strauß weißer Lilien. Fünf Lilien, die ich in eine hohe Vase auf den Teppich in Jans Zimmer stelle. Ich sammle die vertrockneten Blüten vom Teppich und fege den Blütenstaub ab. Der frische Strauß steht stolz in dem kalten Raum. Er verstärkt den Erinnerungseindruck, den dieses Zimmer macht. Er belebt ihn nicht. Das weiß ich. Das spüre ich. Das sehe ich. Ich schließe die Tür und gehe in die Küche, um zu heizen.

In einigen Wochen will der Vermieter die Wohnung leer zurück, das Schreiben liegt auf dem Tisch in der Küche und darunter die *Zweite Hand* der letzten Woche. Ich nehme die neue *Zweite Hand* aus meiner Tasche und fange an, darin zu blättern. Ich suche die Tabellen ab nach den Kategorien und streiche mit dem Finger über die Anzeigen der Ein- und Zweiraumwohnungen. Ich mache ein Kreuz mit dem Zeigefinger neben einer Anzeige für eine Wohnung in der Sonntagsstraße, schüttele aber gleichzeitig den Kopf. Der Kessel auf dem Herd beginnt zu pfeifen. Auf der Dachrinne des Vorderhauses gurren zwei Tauben und ich lege *Weißes Papier* in den CD-Wechsler und schüttele mich beim Beginn des vierten Titels. *Als ob du's extra machst. Ist das so? Tust du das?*

Jan schwimmt mit großen Zügen aufs Meer hinaus. Er dreht sich auf den Rücken. Er hebt den Kopf und winkt mir umständlich zu. Ich sehe ihm nach.

Am Morgen sitze ich wieder über den Anzeigen der *Zweiten Hand*. Es ist Sonnabend – mein freier Tag. Die Wohnungen in der Zeitung sind nicht mal halb so groß, aber doppelt so teuer. Das haben mir zwar alle gesagt, aber ich wollte es nicht glauben. Jetzt muss ich in irgend so ein kleines Loch ziehen. Ich nehme mein Telefon in die Hand und wähle die angegebene Rufnummer unter einer Anzeige. Ich verabrede mich mit dem Makler, dann noch mit einem anderen und einem Dritten für den Nachmittag. Ich trage die leeren Kartons aus dem Korridor in Jans Zimmer und sortiere seine Sachen aus Schrank, Regalen und Schreibtisch hinein. Einen Stapel Fotos, Briefe und Tagebücher trage ich in mein Zimmer. Ich schleppe Karton für Karton in den Korridor zurück und staple sie übereinander.

Die erste Wohnung, die ich mir ansehen will, ist vollgestopft mit den Möbeln des derzeitigen Mieters und vielen Interessenten. Ich begrüße den Makler, sehe die Meute und gehe langsam und murmelnd rückwärts wieder hinaus. Ich streiche die beiden nächsten Wohnungstermine, laufe durch mein Viertel und schaue hoch an die

Fassaden der Häuser nach Planen mit Telefonnummern und kurzen Detailbeschreibungen zu den dort leerstehenden Wohnungen. Das Telefon vibriert, und ich erhalte eine Kurznachricht von Monn. Er bedankt sich für den schönen Abend und will bald wieder für mich kochen. Ich tippe in das Telefon, danke und finde ich auch und ich melde mich.

Hinter der Wohnungstür klemmt ein Karton, und ich muss mich gegen die Tür stemmen, mich hindurchpressen und ihn dann wieder hinaufwuchten, den Stapel. Ich koche mir Kartoffeln, öffne das Küchenfenster weit, durch das das Spatzengezwitscher dringt, und setze mich, die Füße auf dem Tisch ruhend, auf einen der Stühle und verrühre Quark und tiefgekühlte Petersilie. An den Häuserzeilen des Viertels sind keine interessanten Wohnungen angepriesen worden, und ich muss die Suche um eine weitere Woche verschieben. Ich lege den Kopf in den Nacken und lasse das Löffelende aus dem Mund hängen.

Sonntag früh koche ich mir in Eile einen Kaffee und tunke ein trockenes Brötchen hinein. Ich stopfe es in großen Happen in den Mund, kippe Milch zum Kaffee, schütte ihn hinterher und laufe aus der Wohnung zur S-Bahn.

Die Räder der S-Bahn schlagen einen Rhythmus auf den Schienen. Sie ist fast leer. Nur einige Nachtmenschen wanken noch aus der Bahn, in die Bahn und stehen neben den Türen an den Gittern oder lassen sich schwer auf einen der Sitze plumpsen und ihre Köpfe hängen. Die Luft, die auf den Bahnhöfen durch die Tür kommt, ist kalt. Berlin kalt und leer hat nichts von der schönen allmorgendlichen Ruhe anderer Städte.

Vor dem Personaleingang des Hotels in der Friedrichstraße steht ein Häufchen Kollegen. Ich grüße und laufe vorbei in die Umkleide. Dort stopfe ich Jacke und Hose in meinen Spind, verlangsame meine Bewegungen, als ich mir die Nylonstrumpfhose über die Knie ziehe, raffe die Fliege und knöpfe im Gehen die Bluse zu, klemme die Fliege um den Hals und fahre aus dem Keller in die zweite Etage des Hotels. Die

Arbeit ist leicht. Ich poliere Besteck in der Küche und fülle das Frühstücksbuffet auf. Während des Frühstücksbetriebs räume ich Tische ab, lege saubere Abdecker auf die Tische, schiebe Stühle in ihre Position, lächle die Gäste an und wünsche einen guten Morgen.

Ich denke an Jan, an die Zeit, die ihm der Neurochirurg noch gegeben hat.

Daran, dass ich in der Zeit, als er noch lebte, die gleichen Lieder im Radio der Personalkantine gehört habe wie jetzt. Die Lieder aus den Neunzigern, die auch in der Zeit seines Sterbens liefen. Diese Lieder sind Türöffner in meinem Kopf, wenn ich mich dort aufhalte und Kaffee trinke mit den asiatischen Putzfrauen, den farbigen Abwäschern und den deutschen Auszubildenden und Büroangestellten.

Ich räume das Buffet ab, poliere Besteck, decke die Tische ein. Am frühen Nachmittag fülle ich meinen Stundenzettel aus, lasse ihn unterschreiben und rauche im Schutz des Kollegenhäufchens vor dem Personaleingang eine Zigarette. Es regnet. Ich scherze ein wenig, ziehe dann meine Kapuze über den Kopf und gehe schnell die Straße zum Bahnhof entlang. Die Häuser beider Straßenseiten ragen hoch hinauf, gespenstisch im Grau des fallenden Dauerregens. Meine Knie ragen bei jedem Schritt über den Schutz der Jacke hinaus und sind getränkt vom Regen. Ich eile die Treppen der Vorhalle hoch und erreiche die Bahn, kurz bevor die Türen selbsttätig schließen.

Am Ostkreuz entschließe ich mich, bei Monn zu klingeln. In der Sonntagsstraße schlagen die Tropfen auf den Asphalt. Jetzt hoffe ich bereits, dass er zu Hause ist. Im Hausflur gehe ich langsam die Treppe hinauf.

Monn öffnet.

»Eva!«, sagt er.

»Es regnet«, sage ich.

»Ja«, sagt Monn. »Du bist ganz nass.«

Ich bekomme ein Handtuch, trockne mir die Haare und setze mich zu Monn in die Küche.

»Willst du dich umziehen?«

»Ja, vielleicht.«

Er bringt mir einen Morgenmantel, kocht Tee und Kaffee.

Wie das Herz pumpt in einer Mischung aus Wellenbewegung und Schlucken. Und wie ich mit jedem lauten Herzschlag einen Moment mehr in mein Leben schlage. Ich verbringe nach Jans Tod viel Zeit unter der Dusche, das heiße Wasser fällt auf meine Stirn, rinnt hinunter über meinen Körper, fällt auf die Fliesen und rinnt weiter in den Abfluss. Hinaus.
Der Vorgang ein Hindurch, durch die Welt über mich hinweg. Und die Entfernung von Jan und unserem Leben, das unwirklich zu scheinen beginnt, bringt die laute Frage nach dem Unterschied zwischen einer Erinnerung und einer erdachten Vorstellung eines anderen Lebens hervor. Die Erinnerung rinnt dabei in den Tatbestand einer Idee.

Ich trinke den ersten Schluck gesüßten heißen Tee im Morgenmantel am Küchenfenster. Der Regen schlägt noch immer auf das Kopfsteinpflaster und gegen die Scheibe des Fensters. Im Teeglas funkelt der Kandis wie Bernstein. Einen doppelten Birnenschnaps zum Aufwärmen trinke ich bereits unter der Fensterbank auf dem Fußboden der Küche gemeinsam mit Monn und blättere in einem Fotoalbum aus seiner Kindheit.

Die Fotos unterscheiden sich wenig von denen, die in meinem Album kleben.

Ein Glas Wasser bringt mir Monn ans Bett, als ich nachts erwache und nicht wieder einschlafen kann. Am Morgen höre ich Schritte. Schritte aus dem Zimmer, in dem ich schlafe, Schritte in das Zimmer, an das Bett, in dem ich schlafe, und wieder hinaus aus dem Zimmer. Eine Tür fällt ins Schloss. Ich schlafe wieder ein.

Jan schwimmt mit großen Zügen aufs Meer hinaus. Er dreht sich auf den Rücken. Er hebt den Kopf und winkt mir umständlich zu. Ich sehe ihm nach.

Ich öffne die Augen. Monn sitzt vor mir auf der Bettkante. »Ich hab was gekocht«, sagt er.

Ich schaue ihn fragend an. Monn steht auf und geht aus dem Zimmer. Ich suche meine Sachen zusammen und ziehe mich an. Monn drückt mir einen Kuss auf die Wange, als ich im Korridor seiner Wohnung stehenbleibe und mich verabschiede.

Ich sehe Jan vor mir die Treppe hinauflaufen. Er tippt die Stufen nur mit den Fußspitzen an. Er wirft sich schwungvoll hoch, ein sehr fröhlicher Flummi. Ich muss lachen, weil Jan sicher ein Flummi ist. Ein Mix aus einem Tennisspieler und einem Flummi und ein bisschen Grace Jones. Wir nennen ihn die polnische Turnerin.
Ich sehe Jan vor mir, wie er versucht, nach mir zu greifen, er verzieht das Gesicht grinsend und vor Schmerzen. Ein fast grinsender Schmerz. Es ist eine Fotografie, die an der Wand des Korridors hängt. Er hält bestimmt die Kamera und fotografiert sich selbst, aber es sieht so aus, als versuche er zu greifen, sich festzukrallen, und hinter ihm ist die Oberfläche von Wasser: milchiges Wasser mit leichten Wellen.
Jetzt, wo er als Staubhäufchen irgendwo in der Ostsee liegt, schläft und stöhnt, sehe ich das Bild oft vor meinem inneren Auge. Ich bekomme Luftnot. Ich bete für ihn, dass er Atem hat.

Ich weiß. Aber trotzdem.

Die Wohnung ist eiskalt. Ich stelle meine Tasche ab, mache Licht in Korridor, Küche und Bad.

Ich setze mich auf die Toilette. Hier höre ich das Leben meiner Nachbarn. Ich meine nicht, wenn sie spülen, diese Schüttgeräusche durch das alte Fallrohr. Ich höre sie hantieren. Ich rieche die Asche, die im Badeofen von oben nach unten tropft. Ich höre, wie ein Wasserhahn aufgedreht wird und das Wasser rauschend über mir läuft. Ich höre, wie sich zwei Menschen unterhalten. Ich verstehe sie nicht, aber das Gemurmel, das ich vernehme, während ich im Bad sitze, erinnert mich an Jan und Heiner und an Tage, an denen der Badeofen bullerte. An denen wir in der Wanne hockten, kifften, schwitzten, kicherten und den Badeofen leerbadeten.

Wir liegen auf den Bohlen eines Stegs und ich schiele zwischen die Ritzen hindurch in das Wasser. Ein kleiner Algenschleier an einem der Steine unter mir tanzt in der Wasserbewegung grün auf und nieder. Jan hebt abwechselnd seine Fußspitzen von den Bohlen und lässt sie wieder fallen. Heiner liegt neben uns auf dem Rücken und hat Kopfhörer auf. Er hat die Augen geschlossen. Jan setzt sich in den Schneidersitz, baut einen Joint und kreist mit dem Kopf. Ganz in der Nähe auf Holzpollern hocken Kormorane und putzen sich, schlagen gelangweilt mit den Flügeln und posieren schläfrig. Die Möwen, die sie umkreisen, kreischen durcheinander. Es sieht nach Hackordnung aus. Das Sonnenlicht bricht indirekt durch die Wolken und erleuchtet das Wasser, das übersät ist mit Spuren vorbeigefahrener Boote und Kutter. In den größten Teil meines Sichtfeldes fällt fades Grau, das erst, wenn ich den Kopf hebe, das feine Licht ausmacht, das in der Kälte der Luft dieses weiten Boddenraumes steht.

Ich weiß, dass das alles für Jan viel näher ist. Manchmal reden wir von den vielen Jahren Krankheit. Gesund und krank, immer im Wechsel, seit er zwölf ist. Seit er dreizehn ist, kennen wir uns. Ich erzähle davon, er erzählt davon, was wir wissen, was wir erwarten können, was er erwartet und glaubt und wie groß die Angst ist und wo sie sitzt. Was passiert, wenn das Auf und Ab einmal zu Ende ist. Ob er dann gesund ist oder tot.

Wir sagen schöne Sachen über unsere vielen gemeinsamen Jahre, unser Jetzt, und am Schluss der Geschichte weinen wir.

Wir weinen, weil uns so plötzlich bewusst wird, wie

grausam es werden wird, weil die Angst größer ist als die Hoffnung oder tiefer sitzt.
Wir vermischen das Weinen um jetzt mit dem Weinen um morgen. Er mit seiner Angst und ich mit meiner. Zum Ende, nach dem Weinen, sage ich manchmal – und frische Wut schwingt mit: »Was würdest du bloß tun, wenn du plötzlich nicht mehr krank wärst?«
Und das sitzt tief. Bei ihm. Und bei mir. Ich erschrecke mich und es nützt nichts, dass dahinter auch ein Wunsch steckt. Wir gehen nicht allem auf den Grund. Das ist ein lauter Gedanke und der vergeht wieder.

Wir schweben dicht durch die Straßen. Der frühe Morgen macht uns friedlich, nimmt uns den Strom der Nacht. Wir besetzen die Schaukeln auf einem Spielplatz. Wir schwingen hoch über das Gestell und wieder zurück. Ein rothaariger Junge baut Burgen und Kanäle im feuchten Sand. Jan springt ab und der Junge schaut ihn an und lächelt ein bitteres, grünes Lächeln. Da will Jan sofort nach Hause und ruft nach mir. Ich springe von der Schaukel ab, schmeiße den heiß gerauchten Filter des Joints unter einen der Büsche am Rand. Ich kann den Blick vom offenen Mund des Jungen und seinen gammelnden Zähnen nicht lassen.

Wir machen den Tag zur Nacht und die Nacht zum Tag und wir schlafen nicht, verweigern uns der Schulpflicht und den Behörden. Wenn die Alpträume kommen, werfen wir etwas nach. Es oder Speed oder Speed oder Es oder und. Wir kommen drauf und rauchen uns runter.
Ach der Sog, der Sog, der Sog.
Womit wir plötzlich die Zeit befüllen und wie leicht es ist, dieses unnütze Zeug. Jeden Alp können wir bezwingen, und wenn es uns zu grell wird und die Welt einem blinkenden Mosaik gleicht, löschen wir das Licht.

Wir kochen uns einen Sud aus Pilzen. Wir trinken ihn und unser Lachen hallt in unseren Ohren. Wir greifen nach Träumen. Seifenblasen steigen auf. Eine. Noch eine. Wir lachen. Wir kichern unentwegt. Wir legen uns auf Jans Bett und schauen an die Decke und Wolken ziehen vorüber und wir erzählen uns, was wir sehen, und zeichnen die Silhouetten der Drachen, der Pferde und der Gesichter nach. Immer mit dem Zeigefinger durch die Luft skizzierend.

Und wir? Wir fahren in die Distillery. Wir rocken die Klubs der Republik, bedienen die Rhythmen aus Bass und Stroboskop. Wir kennen die Welle, in die wir uns verwandeln, und wir nehmen alles mit und scheren uns nicht um das Gerede der Besserwisser. Die Welt bis zur Katastrophe, Ruhe nach dem Sturm und wieder Wellenweltengang. Wenn die Möwen über uns kreischen, sind wir ein guter Fang.

Ich will den Siff nicht mehr. Ich will mit Jan ein sauberes kleines Leben. Jan will aber nur noch Heiner. Heiner hier und Heiner da, wie man sagt, und ich bin, das sagt man auch so: Ich bin das fünfte Rad am Wagen. Ich will ihn verscheuchen und diesen Siff und diese Junkiescheiße. Ist mir egal, wie man nun dazu sagt im Volksmund.
Frieden, Sicherheit und Stabilität.

Bevor ich im Bad einschlafe, raffe ich mich auf und schlendere durch die Straßen. Der Frühling naht, man kann ihn sogar an der Hauptstraße riechen. Ich gehe an Monns Haus vorüber und senke den Kopf und den Blick bis an das Ende der Sonntagsstraße. Zwei Straßen weiter ruft jemand nach mir. Als ich mich umdrehe, steht Monn mit ausgebreiteten Armen da, an einem seiner Daumen baumelt eine Plastiktüte, aus den Taschen seiner Jacke glotzen zwei Pils.

»Eva!«, ruft er.

Ich gehe auf ihn zu, lege meine Arme um seinen Hals und drücke mein Gesicht zwischen Kopf und Schulter in eine nach Rauch, Kantine und einem Geruch allgemeiner Abgetragenheit riechende Skijacke. Dann folge ich Monn zurück an den Anfang der Sonntagsstraße. Als er versucht, mein Ohr abzulecken, als Zeichen einer Art Liebe, die auch noch feucht ist, zucke ich zusammen, schiebe ihn freundlich beiseite und bedanke mich mit mädchenhaftem Kichern. Ich drücke ihm einen kleinen Kuss auf die Wange und verabschiede mich.

»Mach es nicht so kompliziert«, sagt Monn, während er sich von mir abwendet, er schreitet in Richtung Haustür und geht hindurch, ohne sich umzudrehen. Ich gehe zum Ostkreuz und fahre eine Station mit der Bahn.

Jan sitzt auf dem Schoß irgendeines Mannes. Heiner klebt mit dem Rücken an einer Box und strahlt mit jedem Bassschlag mehr. Mir geht es gut, aber mir ist langweilig und ein wenig übel. Schließlich übernimmt ein Brechreiz die Regie, und ich renne die fünf Stockwerke hinunter in den Hof. In der Nähe leuchtet eine Tankstelle bläulich. Aber so weit komme ich nicht, ich breche unter den nächsten Busch. Eine Männerstimme fragt ganz freundlich: »Geht es?«

»Mhm«, mehr kann ich nicht machen, und umdrehen kann ich mich auch nicht.

Ich würge, und als schließlich nichts mehr herauskommt, ist die gesamte Übelkeit aus meinem Bauch über den Hals hinaus auf dem Boden gelandet, der Rest aber, als Schwindel, in meinen Kopf gekrochen.

»Scheißpille!«, zische ich, als mich jemand auf den Boden wirft und auf den Rücken rollt.

Ich kann nicht viel erkennen, das Licht von der Tankstelle ist zu weit weg. Er leckt mir wie ein Hund über das Gesicht. Ich strampele und bemühe mich, ihn wegzustoßen, kann mich aber kaum noch bewegen. Ich liege inmitten von Dreck, mitten im Februar, mitten in der Nacht, über mir ein offensichtlich durchgeknallter Typ. Ich rufe nach Hilfe, ich rufe »Feuer«, weil mir das so eingebläut worden ist, aber niemand kommt. Ich stemme mich mit aller Kraft in den Armen gegen ihn, der inzwischen irgendwelche Laute ausstößt und dabei ist, in meine Haare zu beißen. Ich bin müde, die körperlichen Anstrengungen der letzten zehn Minuten wandeln den fliegenden Schwindel in eine unbeschreibliche Bettschwere. Mir fallen die Lider schon fast zu, da höre ich in der Ferne Schreie und spüre auf mir ein noch stärkeres Gerangel. Ich höre über meinem Gesicht Jans Stimme: »Eva!«, ruft er und »Scheiße! Eva! Wach jetzt auf!«

Aber ich kann nicht.

Als ich aufwache, liege ich in meinem Bett. Das Fenster ist einen Spalt geöffnet und ich höre draußen vom Hof Kinderstimmen. Nachdem ich mich vom Runterkommen erholt habe, denke ich gar nicht mehr daran. Nur Jan umsorgt mich, wie eine Kriegsversehrte. Sie hätten weder Polizei noch einen Notarzt holen können, ich sei einfach zu breit gewesen, und wir können doch alle keinen Ärger gebrauchen, sagt er. Den Typ haben sich Heiner und ein paar Partygäste vorgenommen. Ich nicke.

Als ich aus der Bahn steige, ist es bereits dunkel. Ich gehe über den Bahnsteig, ohne einen Blick auf die Bank zu werfen, auf der Jan immer auf mich gewartet hat, durch die Halle, vorbei am Blumenstand, dessen Blumensortiment sich auf

Gerbera, Rosen, Tulpen, Nelken und Chrysanthemen beschränkt. Blumen, die künstlich wirken und die an Männer und Frauen erinnern, die an Sonntagen in den Straßenbahnen deutscher Städte sitzen, in der Tüte neben dem rechten Bein die kleine Harke und die kleine Hacke, die auf dem Weg zum Friedhof zu ihren Angehörigen sind und die in den kleinen Blumenläden vor den Friedhöfen Blumen kaufen, die erwähnten Schnittblumen im Sommer und die winterharten roten und weißen Callunen in der kalten Jahreszeit oder im späten Herbst das Tannengrün zum Abdecken und die Adventsgestecke für ihr wohliges Heim.

Die Menschen strömen an mir vorbei durch die Warschauer Straße nach Hause. An den Fußgängerampeln stauen sie sich auf, bei Grün fließen sie weiter. Die Scheinwerfer von Limousinen, Bussen und Lkws werfen ihre Lichtkegel auf den Strom. Busse fahren an den Kanten des Bürgersteiges entlang. Unvermittelt heulen ihre Motoren dicht neben meinen Ohren auf, ich stolpere fast über die Poller, die ich im ersten Moment für Buhnen halte. Ich schwanke und lenke meine Schritte dicht an die Hauswände. Am Kiosk Grünberger Straße überquere ich die Kreuzung und laufe durch das Vorderhaus in den dritten Stock des Hinterhauses.

Ob ich nicht richtig bin? Im Kopf. Nicht richtig rund laufe. Ich liege im Bett in meinem Zimmer und es ist kalt. Ich muss aufstehen und heizen. Jan ist nicht mehr da. Auch nicht, um zu heizen. Ich liege und überdehne den Hals zum Fenster. Ich rolle die Pupillen. Nicht ganz rund. Ich. Ich rolle mit den Pupillen langsam. Nicht ganz richtig. Ich glotze hinaus in die Welt. Aus einer Glotze glotze ich. Und an mir hängt ein Körper, der Bewegungen vollzieht, die meinem Willen entgegenkommen, aber die ich nicht sicher bin, selbst gesteuert zu haben. Und ich sitze in meinem Oberstübchen mit Jan, mit all dem schweren Zeugs, das meine Zeit verstopft.

Ich telefoniere mit Freunden und Helfern. Ich sage ihnen, dass ich einen Hund kenne, einen krummen Hund. Ein Hund, der anderen den Kopf verdreht und sie benutzt und sie um Geld bringt und um den Verstand. Am anderen Ende der Leitung wollen sie meinen Namen wissen. Meinen Namen nenne ich ihnen nicht, Heiners Namen sage ich ihnen und seinen Wohnort, sein Geburtsdatum, und ich schildere ihnen seinen Tagesablauf und füge noch die Äußerung hinzu, dass seine beiden Mitbewohner ahnungslos von seinem Geschäftssinn und Konsum seien. Sie nehmen alles auf, ich höre ihr Tippen durch den Hörer. Hier höre ich Heiner, Heiner an der Wohnungstür mit Kunden, die er abwimmelt, er verkauft nichts mehr, braucht alles selbst, Heiner, der durch den Korridor schlurft, der Flaschen umstößt und flucht. Ich suche in mir, ob es mir leidtut, dass ich ihn gerade verpfeife, aber ich bin versunken in meine Liebe zu Jan. Ich sehe kein Land. Wir sind kleine Fische. Wir verlieren die Orientierung, der Schwarm hat einen anderen Weg genommen.

Wie wir hier sitzen auf dem morgendlichen Arbeitsweg der Mitfahrenden. Wie wir unsere Kapuzen tief in die Stirn ziehen und unsere Augen doch nicht schließen können, so unter Strom wie wir steht hier keiner. Wie wir uns angeglotzt fühlen und Stress machen und die Passanten, die Unbescholtene sind, anpöbeln und handgreiflich werden und blitzschnell den Platz verlassen und die Bahn, gerade so, bevor die Türen selbsttätig schließen. Und aus dem U-Bahn-Eingang auftauchen, außer Puste, und lachen und erst mal schauen, wo eigentlich die Bahn uns ausgespuckt hat, und dann wieder hinunterschlendern, weil wir kein Abenteuer mehr suchen, nur unser Bett, in dem dann nichts mehr läuft, nur Ambient.

Heiners Freunde kiffen unsere Wohnung voll. Wir finden sie überholt. Sie rauchen Bongs oder eimern, fressen Pizza, Döner oder Burger, sie trinken Saft, weil Alkohol so aggro macht, und sie aschen in alles, was unbefüllt herumsteht. Wir werden sie nicht vermissen, denke ich. Genauso wenig ihren provinziellen Musikgeschmack, die elektronisch radiotaugliche Megawelle, die gerade über uns schwappt, macht aus den Klubnächten mit überschaubarem Publikum flackernde Riesenevents oder monströse Open Airs, an denen massenhaft Jungs in Schlaghosen mit fluoreszierenden Stickereien herumhopsen und mit weißen Handschuhen wild durchs Schwarzlicht fuchteln.

Viel finden sie bei der Razzia in unserer Wohnung nicht, nur ein bisschen Platte, aber zufällig klingelt ein junger Kunde und der hat sehr viel Angst und verschärft mit seinen Aussagen die Angelegenheit für Heiner. Sie nehmen uns 3 + 1 mit auf das Revier. Jan und ich arbeiten mit den Behörden zusammen und sprechen alles Notwendige zu unserem Vorteil aus. Als sie sehen, dass die arbeitslose Schwuchtel und das Mädchen ohne Lehrstelle (Leerstelle) heulen, da reichen ein paar Heiner belastende Aussagen aus und der Staatsanwalt schickt uns nach Hause und stellt Heiner einen Haftbefehl aus. Auch + 1 darf gehen, wir beachten ihn aber nicht.

Heiner sehen wir klassisch im Flur des Reviers, als er abgeführt wird und wir hinausgehen.

»Was?«, fahre ich ihn an.

Er schüttelt den Kopf. Er sieht verheult aus und wird von den Beamten weiter durch den Gang zum Abtransport geschoben.

»Wir bringen dir ein paar Sachen«, ruft Jan ihm nach und stößt mich voran durch den Flur.

Ich bin froh, dass dieses Tier endlich aus der Wohnung ist und wir sein Zimmer grundreinigen, entlausen, wieder bewohnbar machen. Jan ist unglücklich. Außerdem muss er wieder ins Krankenhaus. Seine Krampfanfälle häufen sich. Diesmal bin ich mit ihm allein. Das ist gut. Heiner kommt raus, soll sich aber bei seinen Eltern aufhalten, jedenfalls nicht bei uns, und dann geht er direkt nach der Verhandlung in ein Heim für schwererziehbare Jugendliche oder irgendeine zukunftsorientierte Angelegenheit vom Berliner Senat für Jungerwachsene ohne eine Perspektive im allgemeinen Sinn.

Ich besuche Jan. Ich sage »im Pflegeheim« und es heißt auch Pflegeheim, aber es ist ein Hospiz.
Jan sagt: »Ich kann das alles nicht mehr aushalten.«
Ich dränge ihn ab von diesen Sätzen.
Er sagt, dass es gut ist, dass ich ihn besuche.
Ich sage ihm, dass ich ihn liebe.
»Scheiß aufs Wir!«, sagt er.

Ich treffe Heiner im Pflegeheim und er ist nett zu mir. Das verstehe ich nicht. Ich will aber nicht fragen. Ich bin froh, dass er da ist. Wir können auch mal auf den Flur gehen und eine rauchen. Er geht mit Jan ganz anders um als ich. Er ist überhaupt anders geworden. Das ist gut. Meine Variante ist nicht besonders stark. Ich bringe Pudding mit. Alle Varianten Pudding. Süßigkeiten oder Currywurst kann Jan nicht mehr kauen. Er isst flüssig. Heiner dreht ihn, wenn er kommt. Er wäscht ihn

manchmal auch. Manchmal hebt er ihn mit mir zusammen in den Rollstuhl und wir fahren eine Runde um den Block.
Heiner macht Musik an, wenn er kommt, leise ganz normale Musik. Er bittet mich, Fotos von Jan und uns zu suchen. Wir verschönern das Zimmer, dieses Zimmer, das hier in allen Etagen gleich aussieht, machen wir zu Jans Zimmer und es ist dann eine Insel. Das Zimmer ist unsere Insel in diesem Pflegeheim.

Ich stehe im Korridor, drängele mich vorbei an den vielen Umzugskartons und schnappe mit der Hand um die Ecke in die Küche, auf dem Kühlschrank liegt das Telefon, ich drücke die Wahlwiederholung und warte das Freizeichen ab. Monn meldet sich.

»Nun wieder doch?«, fragt er.

»Nein«, antworte ich. »Ich wollte nur mal hören, ob das eben o.k. war.«

Monn macht nur mhm.

»Ein müdes Mhm. Bist du müde?«

»Ja. Kannst aber herkommen, wenn du willst.«

»Ich komme morgen nach der Arbeit. Ich hab

Frühstücksdienst. Dann komm ich gegen zwei. Schlaf gut«, sage ich.

»Ruf an, wenn was ist.«

Monn legt auf, und ich nicke in den Hörer. Dann lege ich das Telefon auf den Fußboden, schiebe einige Kisten enger zusammen und fange an, das Geschirr einzusammeln. Das Wasser im Boiler ist gerade heiß, als es klingelt. Heiner steht vor der Tür.

»Du?«

»Ich hol Jans alten Schreibtisch, du gehst ja nie ans Telefon«, sagt er.

»Ja. Na klar. Soll ich dir helfen?«

»Musst du wohl!«

»Heiner, ich freue mich ja auch, dich zu sehen, aber du hättest vorher anrufen können.«

Ich räume Jans Schreibtisch ab und wir tragen ihn die Treppe hinunter.

»Pause?«, fragt Heiner.

»Kurz«, bitte ich.

Vor der Tür in der zweiten Reihe parkt ein warnblinkender Kombi, den Heiner öffnet.

»Ziehst du um?«, frage ich, die Hände abwartend unter dem massiven Tisch.

»Ja.«

»Wohin?«

»Ich hab Arbeit auf dem Fischland.«

»Fischland, ja?«

»Ich kann froh sein, dass die mir den Job geben, bei meinem Lebenslauf. Fehlt dir nie das Meer?«

»Aber das ist doch tiefste Provinz. Heiner, da kotzt du ab!«

»Berlin ist für mich vorbei.«

Ich nicke und gucke zu Boden.

»Kann ich nochmal in die Wohnung?«, fragt er.

»Ja.«

»Willst du hier nicht mal endlich ausziehen?«, fragt er.

Ich antworte nicht. Nach einem Moment des Schweigens geht Heiner durch die Tür, tritt in den Korridor und zeigt auf die Kisten.

»Und die? Was ist das?«

»Das sind die Sachen von Jan. Ich kann mich nicht von ihnen trennen. Manchmal habe ich es schon versucht. Ich habe sie eingepackt, alles eingepackt. Dann habe ich alles wieder ausgepackt. Erst wollte Heidi was haben, aber ihr Mann hat es ihr ausgeredet. Er hat gesagt, ich soll ihr nichts geben, sie hat genug Erinnerungen an ihren Sohn. Und jetzt sitze ich auf dem Zeug und weiß nicht, was ich damit machen soll.«

»Ich hab aber gehört, dass sie dich nicht erreichen. Sie würden seine Sachen ja gern abholen, aber du gehst nie ans Telefon!«

»Nein. Nein«, sage ich irritiert, dabei nicke ich.

»Ich bin nicht so wie du, Heiner. Ich kann nicht alles ändern und dauernd von vorn anfangen.«

Heiner schüttelt den Kopf und geht schon wieder zur Wohnungstür, er öffnet sie und dreht sich um: »Eva Blach, du kotzt mich an. Du hockst hier auf der Vergangenheit rum. Jans Sachen sind nur hier, weil er nicht mehr allein wohnen konnte. Er hätte sich eine Wohnung genommen. Er wollte nicht mehr bei dir wohnen. Das weißt du doch!«

Ich blicke ihn an, werde zornig: »Oh!«, fauche ich. »Du bist wohl in einer Mission hier, ja? Für Wahrheit und Fortschritt? Verpiss dich, Heiner!«

»Du redest so einen Scheiß. So einen absoluten Scheiß! Eva Blach! Aber du weißt, wie man Menschen loswird! Mich bist du ja schon einmal losgeworden.«

Ich starre Heiner an. Es ist jetzt still. Das Geschrei hallt nach.

»Ich weiß, dass du das warst«, fügt er an, und ich spüre, dass er sich diesen Satz für genau diesen Moment aufgehoben hat, aber auch, dass er sich nicht wohler fühlt, nachdem er ihn ausgesprochen hat. Er zieht die Tür hinter sich fest ins Schloss.

Auf den Steinen liegen Blumen, im Uferbereich schwimmen vereinzelt Sträuße. Und ich werfe kleine Origamischiffchen hinein und sie landen kopfüber und saugen das Salzwasser auf, bis eine Welle kommt und die einen dreht, dass sie schwimmend schaukeln, und andere mitnimmt und schluckt.

Ich stehe noch im Korridor und kann mich nicht bewegen, da klingelt es wieder. Ich schleiche auf Zehenspitzen näher an die Tür und höre, wie sich meine Nachbarin aus der Wohnung gegenüber mit einem Mann unterhält.

»Um diese Zeit ist sie meistens da«, sagt sie.

Es klingelt wieder und der Mann ruft meinen Namen. Ich schaue vorsichtig durch den Spion. In der offenen Tür ihrer Wohnung steht die Nachbarin im Morgenrock und auf den Stufen daneben Jans Vater. Er hantiert mit seinem Telefon. Aus der Küche höre ich mein Telefon klingeln.

»Sie geht nicht ran«, sagt Herr Strübing.

»Aber eben war sie noch da. Vielleicht ist sie auch mitgegangen. Sie hatte Besuch.«

Er zieht einen Zettel aus der Tasche und beschreibt ihn und befestigt ihn an meiner Tür, jedenfalls raschelt es in Höhe meines Kinns. Die Treppenstufen knarren, als Jans Vater die Treppe hinuntersteigt.

In der Küche steige ich über die Teller und Tassen und setze mich an den Tisch.

»Was wollen die alle auf einmal von mir?«

Erst als ich mir sicher bin, dass weder Heiner noch Herr Strübing noch meine Nachbarin wach sind, um mir vor der Tür aufzulauern, öffne ich sie und reiße den Zettel ab. Es sind die gleichen Worte wie die seiner Frau auf dem Anrufbeantworter. Morgen will er wiederkommen, ich soll ihn anrufen.

»Och!«, sage ich zu dem Zettel. »Morgen bin ich gar nicht da.«

Monn sehe ich erst am nächsten Tag nach der Arbeit, er erzählt mir sofort, dass er von Heiner gehört hat, dass ich ausziehen muss. Ich bin überrascht, dass die beiden sich so gut kennen.

»Aus dem Nachtleben«, sagt Monn.

Und ich sage nur: »Aha«, und erröte, weil ich nicht wissen will, was Monn sonst noch alles weiß, und auch nicht, was er dazu denkt, was er über mich denkt.

Monn schleppt mich nach einem Kaffee und einem Haufen gutgemeinter Ratschläge zu einem Kumpel, der eine Einraumwohnung im Hinterhaus in der Nähe hat.

»In acht Wochen zieh ich aus«, sagt der.

Ich sage leise: »Das passt ja gut.«

Und Monn lächelt und legt seine Arme um mich und küsst mich und sagt: »Von hier ist es nur ein Katzensprung zu mir.«

»Ja«, sage ich und streiche durch seine Haare.

Als wir die Sonntagsstraße entlanglaufen, nimmt er meine Hand und fragt, ob ich die Wohnung nehme und ob er mir beim Packen helfen soll.

»Nein, nein, das mach ich schon. Da sind so viele Sachen von früher. Ich muss das mal ordnen.«

Von früher, denke ich. Es klingt wie eine Lüge und ich will Monn nicht besuchen, gehe aber trotzdem mit. Die Zeit wird auch noch verstreichen, denke ich.

Jan schwimmt mit großen Zügen aufs Meer hinaus. Er dreht sich auf den Rücken. Er hebt den Kopf und winkt mir umständlich zu. Ich sehe ihm nach.

Schon morgens, wenn ich aufwache, *wie alles um mich bebt und ächzt und stöhnt, als ob es lebt*. Ich soll packen, sagen meine Eltern, muntern mich die

Strübings auf, ordnet Monn an. Ich packe aus, packe ein. Ich laufe den Weg vom Hotel nach Hause zu Fuß, dann habe ich nicht die Zeit, auch noch zu packen, nach der Arbeit. Aber ich räume. Ich nehme die Plakate ab. Die Grafiken aus Ahrenshoop, die Ausstellungsplakate, an denen auch Jan so hing. *Jetzt werd auch ich ganz blass und ich krall mich in die Reling, mein Blick ist starr und meine Augen matt. Wer's einmal hat, der kriegt es nie mehr aus den Knochen raus.* Und ich hänge sie wieder zurück, weil man sieht, wo sie fehlen. Ich betrinke mich mit meinen Kollegen nach der Arbeit. Ich fange an zu weinen und kann nicht mehr aufhören. Sie wollen mich nach Hause bringen, aber ich löse mich von ihnen und laufe wie durch ein Schneegestöber durch Berlin. Ich merke dann, *wie weit der Horizont sich neigt. Das leise Zittern, wenn das Schiff ganz langsam in die Höhe steigt, wie eine alte Frau, die sich mit Mühe aus dem Sessel hebt.*

Ich führe mich durch Tage der Identitätslosigkeit und fühle, wie sich nach Anrufen meiner Hinterbliebenen Atemnot einstellt. Ich breche in den kleinen Mülleimer in Jans Zimmer. Ich bleibe auf dem Fußboden liegen und schlage mit der flachen Hand auf die Dielen, weil der Atem nicht reichen will, nicht zum Aufstehen, nicht zum Einschlafen.

Jan kommt aus Grünheide nur kurz nach Hause. Er schreit herum und schlägt die Türen, die erzittern, wenn sie ins Schloss fallen. Er schreit mich an, nennt mich Arschloch, Schlampe und blöde Sau, und einmal spuckt er mir vor die Füße, weil ich den Mann sozusagen verjagt habe, den er nun doch liebte, und das mit so einer Tour. Er sagt, mit so einer Tour, und ich wundere mich, weil ich keine Ahnung habe, woher er das alles weiß. Er sagt, Heiner hat es ihm gesagt. Ich spiele die Ahnungslose und frage nach, und er sagt, die Freunde und Helfer haben Heiner gesagt, der Anruf kam von diesem Anschluss, und ich sage, weil es mir so rausrutscht, ich sage: »Scheiß Telekom! Scheiß Bullenstaat!«

Aber Jan hat sein Verständnis für mich ganz und gar verloren. Er will nicht mit mir reden. Er packt seine Tasche und zieht in ein Zimmer in einem Kreuzberger Pflegeheim.

Seine Mutter will ihn gern nach Schmarl holen, nach Hause, aber Jans Zuhause ist Berlin. Hier ist er er. Dort würde er er dort sein, und das ist nicht der ganze Jan.
Er schreibt mir einen Brief und legt ihn auf den Tisch in der Küche. Ich lese ihn, als ich von der Arbeit komme. Ich glaube das alles nicht.
Ich brauche Wochen, um ihn zu besuchen.
Dass er ausgezogen ist, ist das eine. Dass er mich angespuckt hat, auch. Dass er plötzlich in ein Pflegeheim zieht, ziehen muss, davon habe ich nichts geahnt. Da beginnt etwas, wovon ich oft gehört habe, wovor ich gewarnt wurde und gewarnt habe, aber nun kann ich es nicht begreifen.
Ich rufe ihn an, er geht nicht ans Telefon, weil er sauer ist. Nachts ruft er weiterhin an, sagt aber nichts Richtiges. Ich weiß nicht, ob er das tut, weil er sauer ist oder weil er krank ist. Er ruft im Abstand von zwei Minuten an, manchmal zehn Mal hintereinander, manchmal auch fünfzig Mal.
Er merkt es nicht. Er fängt immer von vorn an. Ein Telefongespräch, wie man es macht. Er begrüßt mich. Er sagt etwas. Er fragt etwas. Es kommt der Moment, der für mich unerwartet kommt, da hat er keine Lust mehr, weiterzusprechen. Und deshalb legt er auf.

Woran ich denke, ist das Wir. Dass alles am Zerreißen war und dabei noch gut. Dass es an etwas Endgültigem zerrissen ist. Das kann ich nicht ändern. Es bleibt meine einseitige Auseinandersetzung mit dem, wie es vielleicht weitergegangen wäre.
Vielleicht leise zu Ende, geronnen in das Aufhören unserer Liebe, unserer Freundschaft.
Das alles ist die Mitte selbst, am Rand die frierenden Pinguine, träumen von Wärme, dass einer kommt und sie ablöst, erlöst.

Wenn ich durch meine Sonnenbrille schaue, dann denke ich an Ray Ban. Eine Ray Ban, die Jan chiffriert, denke an ihn umwegig direkt. Jans Liebe zum Luxus, zu Gütern, die seinen Sozialhilfesatz sprengten. Das Zubrot, das er sich im Nachtleben als Lichtarbeiter verdiente, ihn untrennbar vom Berliner Nachtleben machte, untrennbar von der wochenendlichen Berlin-Leipzig-Rostock-Connection und untrennbar von seiner späten New-York-Liebe. Ich erinnere mich an jedes einzelne gekräuselte Haar an seinen Beinen, auf das ich nie geachtet habe.

Jemand klingelt Sturm, schlägt gegen die Tür, und bevor er sie einschlägt, wische ich mir meinen Mund sauber und wanke zur Tür und öffne sie. Monn starrt mich an und sagt nichts. Geht an mir vorbei und guckt durch die Zimmer. In Jans Zimmer bleibt er stehen und sagt:

»Hast du gespuckt?«

Ich nicke und entschuldige mich müde.

»So geht das nicht weiter«, sagt er.

Ich lächle ihn an.

»Das klingt jetzt aber nicht gut«, sage ich.

Monn kocht Tee. Er macht Feuer im Badeofen und in den Öfen der Küche und in meinem Zimmer.

»Musst du nicht arbeiten?«, frage ich.

»Nein. Und du?«, gibt er zurück.

»Weiß nicht«, sage ich.

»Weiß nicht« gefällt ihm nicht. Er nimmt mein Telefon, ruft im Hotel an und meldet mich krank.

»Du musst zum Arzt, die wollen eine Krankschreibung sehen, sonst kündigen die dich. Du fehlst schon eine Woche«, sagt Monn.

Ich nicke. Wir sitzen in der Küche, in der es langsam warm wird. Monn toastet Brot und bestreicht es dünn mit Butter.

»Wo ist das Salz?«, fragt er.

Ich zeige still auf das Regal über der Spüle.

»Ich bleibe ein paar Tage bei dir.«

»Das will ich nicht«, flüstere ich.

Er reicht mir das Brot und bringt den vollgekotzten Mülleimer in die Tonne im Hof. Aus dem Korridor höre ich die leise Melodie meines Telefons. Ich gehe nicht hin. Es hört gar nicht auf. Dann kommt Monn wieder und bringt es mir. Ich schüttele den Kopf.

»Nimm schon«, sagt er. »Nimm ab!«

Ich schüttele wieder den Kopf.

Die Melodie ist verstummt und Monn schaut nach der Nummer.

»Jans Eltern«, sagt er.

»Ja«, sage ich. »Die rufen dauernd an. Ich weiß auch nicht mehr, was ich denen sagen soll.«

»Was wollen die denn?«

»Jans Sachen abholen.«

Monn nickt nur vielsagend.

»Ist das eigentlich dein Beruf, da im Hotel?«

»Nein«, sage ich.

»Hast du was gelernt oder studiert oder so?«

»Nein«, sage ich.

»Warum nicht?«

»Ich weiß nicht. Was denn? Willst du jetzt hier in fünf Minuten alles wissen? Und gleich alles zum Guten klären?«

»Bleib ruhig«, sagt er nur.

Er hält mir den Mietvertrag für die neue Wohnung vor die Nase und weist mit dem Zeigefinger auf die Stelle, auf die meine Unterschrift gehört. Ich unterschreibe und gebe gleich eine Stellungnahme zu Kündigung und Fristen dieser Wohnung ab.

»Hier muss ich nicht kündigen«, sage ich. »Hier wurde ich gekündigt.«

»Befristet«, sagt Monn. »Dein Vertrag war befristet. Jetzt läuft er aus.«

»Genau«, bemühe ich mich tapfer um Haltung.

Ich stehe auf und lasse mir das handwarme Wasser aus dem Badeofen in die Wanne laufen. Als ich in der Wanne liege, steht Monn in der offenen Badezimmertür und fragt: »Soll ich jetzt bleiben oder nicht?«

»Nein«, sage ich.

Ich höre die Tür laut ins Schloss fallen.

Am Ufer der Ostsee singe ich ein Lied. Die Melodie trägt die Laute wie Worte und fügt ihnen Sinn an. Meine Stimme versagt nicht, sie ist voll unter dem starken Wind und schlängelt zwischen hoch und tief. Der Horizont ist die Umarmung, die mich empfängt.

Die Angst kommt überall hin. Manchmal braucht sie Tage, dann aber holt sie mich wieder ein. Sie raubt mir den Schlaf und den Menschenverstand.

Eine ausgewachsene Mantelmöwe dreht ihre Runden über das ruhige glatte Meer. Sie berührt die Wasseroberfläche mit dem Flügel, wischt ihr eine. Dann wechselt sie die Richtung und lässt sich treiben. Sie verschwindet kurz, als das Sonnenlicht direkt in meine Augen fällt, taucht hinter dieser unsichtbaren Wand aber gleich wieder auf. Und hinter den Dünen schaukeln die Elstern in den kahlen Ästen der Kronen.

Ich stehe auf der Seebrücke. Es ist Nacht. Unter der Oberfläche des Wassers sehe ich einen kleinen Lichtkegel, der näher kommt. Und da sind Menschen um mich. Ich höre sie murmeln. Sie sprechen Versatzstücke vom Suchen und Finden. Ein Taucher taucht auf. Er nimmt das Mundstück aus dem Mund. Er sagt: »Nichts.«

Ich steige aus der Wanne, weil ich höre, wie ein Schlüssel im Schloss umgedreht wird, und greife nach einem Handtuch. Es ist schön spät in der Nacht. Ich habe kein Licht in der Wohnung gemacht, weil mir schon der Weg zum Lichtschalter unheimlich ist. Jetzt poltert es im Korridor und das Licht geht an. Heiner und Jan stehen dort.

»Hallo? So spät? Woher kommt ihr jetzt?«

Sie lächeln beide verlegen.

»Wollte meine Sachen abholen«, sagt Jan.

»Ich helf ihm nur«, sagt Heiner.

Ich fixiere beide freundlich. Kann das jetzt überhaupt sein, denke ich. Ist das jetzt ein Déjàvu? Ich bleibe einfach stehen. Ich beobachte sie, wie sie Kartons in die Wohnung bringen und alles einpacken.

»Wo willst du denn hin?«, frage ich Jan.

Er schaut mich nur an. Dann ist es still in der Wohnung. Der Korridor ist dunkel, hinter mir kreischt eine Hoftür auf und fällt zu.

Ich mache einen Schritt vor den anderen, schnell habe ich mich an die Dunkelheit gewöhnt. Ich krieche unter die Decke in mein Bett und schlafe ein.

Jan schwimmt mit großen Zügen aufs Meer hinaus. Er dreht sich auf den Rücken. Er hebt den Kopf und winkt mir umständlich zu. Ich sehe ihm nach.

Am Morgen stehe ich auf, ziehe mich an und fahre mit der Bahn zur Arbeit. Nach einer halben Stunde und einigen fragenden Blicken taucht meine Chefin auf, bittet mich in den Personalbereich und fragt mich aus.

»Was machen Sie hier, Frau Blach?«

Ich lächle sie an.

»Frau Blach? Frau Blach, Sie sind krankgeschrieben.«

»Nein. Mir geht es wieder gut«, sage ich.

»Kann ich jemanden von Ihrer Familie anrufen? Frau Blach, kann Sie jemand abholen?«

»Das ist nicht nötig.«

Sie winkt einen Kollegen heran.

»Wissen Sie, ob Frau Blach einen Freund in der Nähe hat oder Familie?«

»Hast du nicht diesen neuen Freund?«, fragt er mich.

»Mhm«, nicke ich ihn freundlich an.

Meine Chefin streichelt mir über die Schulter.

»Geben Sie mir bitte mal Ihr Telefon. Ich versuche, ihn zu erreichen«, sagt sie und streckt ihre Hand nach mir aus.

»Ist in der Umkleide«, antworte ich schulterzuckend.

»Na, dann kommen Sie«, sagt sie und hakt mich unter.

Als Monn in der Tür steht und mich fragend begrüßt, habe ich meine Strumpfhose zerrissen. Wenn ich mich nicht konzentrieren kann, ziehe ich immer Laufmaschen. Ich bin für solche feinen Sachen nicht gemacht. Ich halte sie Monn hin. Er sieht überrascht aus. Und müde.

»Bist du müde?«, frage ich ihn.

Er schaut zu meiner Chefin, geht auf sie zu und schüttelt ihr freundlich die Hand.

»Danke, dass Sie mich angerufen haben«, sagt er zu ihr.

Sie nickt nur.

»Herr Strübing, ich denke, Ihre Freundin braucht dringend eine Kur! Fragen Sie mal ihren Hausarzt.«

»Rupert Monn«, sagt Monn und hält ihr noch einmal die Hand zum Schütteln hin.

»Im Telefon steht Jan Strübing. Entschuldigung«, lächelt sie fragend.

»Ja«, sagt Monn.

Meine Chefin nickt, ich glaube nicht, dass sie weiß, um wen es geht, Monn nickt und greift meine Tasche von der Bank.

Ich übernachte ein paar Tage bei Monn. Monn kocht. Er spricht mit mir. Er geht mit mir zum Arzt. Sie sprechen mit mir und über mich. Wir kommen nach Hause. Er fragt immer, ob ich etwas brauche. Wir schauen fern. Wir gehen früh ins Bett. Aber dann wache ich auf. Ich wache immer auf, wenn ich gerade eingeschlafen bin, und mein Herz rast und ich habe Angst. Diese Angst kenne ich schon. Sie geht nicht weg und sie bezieht sich auf nichts. Sie ist einfach da. Als Monn am Mittwoch wieder arbeiten muss, verspreche ich ihm, die Wohnung nicht zu verlassen, gehe aber kurze Zeit, nachdem er das Haus verlassen hat, weg. Nach Hause.

Ich lege mich gleich nach Ankunft in meiner Wohnung auf den Fußboden. Ich liege still auf dem Fußboden und die Ideen kommen von allein. In meinem Kopf geht alles. Ich kann zurück. Ich kann zurück nach gestern, und wenn ich mich ganz auf meine Erinnerungen konzentriere, dann höre ich Heiner am Ende des Flurs fluchen, weil er über leere Flaschen stolpert oder weil jemand irgendein lebenswichtiges Lebensmittel aus dem Kühlschrank genommen hat, das ausnahmsweise einmal er selbst eingekauft hat. Ich höre Jan nach Hause kommen, und er fragt mich, was ich da mache auf dem Fußboden. Wenn ich nicht antworte, legt er sich neben mich und wir hören Musik. Ich gehe hinüber in Heiners Zimmer, setze mich auf sein Klappbett und wir spielen Karten. Ich öffne das Fenster weit, weil Heiner alles vollraucht, und schimpfe, er soll nicht mehr in der Wohnung rauchen.

Und dann beschließe ich, damit aufzuhören.

Ich kaufe mir Fische und baue meine Wohnung um zu einem kleinen meerähnlichen Raum. Ich suche mir Gurkengläser im Altglascontainer Weiss. Ich kaufe mir gegen den Rat des Verkäufers hundert männliche und hundert weibliche Guppys. Und befülle je ein Glas mit einem Paar. Ein kleines Häufchen Sand und ein Wasserpflänzchen tue ich unten rein. Ich verteile die kleinen Aquarien auf dem Boden meines Zimmers und ruhe mich zwischen ihnen aus. Ich gebe zu, sie haben zu wenig Platz, die Guppys. Ich werfe ihnen ein paar meiner gesammelten Fliegen rein. Jetzt habe ich sie gar nicht umsonst gesammelt. Dann lege ich mich in mein Meer, in ein Süßwassermeer. Und ich schlafe ein.

Morgens ist es noch dunkel, als ich aufwache. Mir fällt ein, dass ich nicht zur Arbeit muss. Plötzlich denke ich an Monn. Ich suche mein Telefon. Es ist gar nicht an. Ich lade es auf und mache mir einen Kaffee. Als ich aufwache, liege ich in der Küche, neben mir eine Lache Kaffeegrund. Und das Telefon. Es ist auch ganz nass und krümelig. Es klingelt an der Tür, davon werde ich wach geworden sein. Monn steht hinter der Tür. Er sieht besorgt aus und hält sein Telefon an das Ohr.

»Sie ist hier«, sagt er in die Muschel.

»Ja. Ich bin hier«, sage ich. »Wer ist dran?«

Er schiebt nur schnell sein Kinn vor, kratzt sich daran herum und wedelt abwehrend mit der Hand. Ich nicke. Er drückt sich durch den Spalt der Wohnungstür, als würde ich sie zuhalten.

»Hast du irgendwas?«, frage ich.

»Du bist einfach so verschwunden«, sagt er und schaut in alle Ecken der Wohnung, in die er von hier aus Einblick erhält.

Er hängt seine Jacke an die Garderobe.

»Ich bin volljährig«, erinnere ich ihn.

Und während ich schon krank bin und den Fischen was zu essen bringe, nimmst du das Gabelfrühstück ein.

»Du bist nicht ganz dicht!«, ruft er, als er später in mein Zimmer tritt.

Es ist mir unangenehm, anstelle einer Miniaquarienlandschaft nur Gläser mit Fischchen, die mit den Bäuchen nach oben schwimmen, soweit ich es erkennen kann.

»Alle tot?«, rufe ich entsetzt.

Monn reibt sich die Stelle zwischen den Augen über der Nase. Er telefoniert wieder, reicht mir nach einigen Minuten das Telefon.

»Hier, deine Mutter.«

»Hallo Eva«, sagt sie.

»Hallo Mama! Wie geht's?«

»Ich mache mir Sorgen«, sagt sie.

»Das musst du nicht«, sage ich.

Und als Monn mich ernst und traurig ansieht, sage ich mit Nachdruck gleichermaßen in das Telefon und zu ihm: »Es kommt euch nur so vor!«

Trotzdem überzeugen sie mich, mich in einem Krankenhaus vorzustellen. Mutter will sogar kommen. Aber das rede ich ihr aus, glücklicherweise habe ich Monn. Monn trägt tapfer jedes Glas einzeln zum Klo und schüttet es aus. Und dann bringt er mich ins Krankenhaus. Es dauert einige Zeit. Wir müssen das Aufnahmegespräch abwarten und dann spricht, erklärt Monn mehr als ich.

Ich sage: »So schlimm kann es ja nicht sein,

wenn er es Ihnen erst erklären muss und man es mir noch gar nicht ansieht.«

Die Ärztin lächelt.

»Wie fühlen Sie sich?«, fragt sie.

»Weiß nicht? O.k.?«

Sie gibt mir einen Schwung Fragebögen, die ich sofort ausfüllen soll. Ich kreuze die kleinen Kreise unregelmäßig rechts und links der Mitte an. Zum Abschied erklärt sie mir, dass ich mich erst einmal ausruhen soll, und weist mir ein Bett in einem Dreimannzimmer zu. Monn bittet sie, dass ich erst mal keinen Kontakt nach draußen haben soll. Darüber kann man aber in ein paar Tagen wieder reden, sie will erst mal sehen, was mit mir ist. Ich weiß gar nicht, was ich hier machen soll. Ich umarme Monn, der müde aussieht.

»Hast du abgenommen?«, frage ich ihn.

Er streicht mir nur über den Kopf, dreht sich um und geht an der Pforte vorbei, hinaus aus der Station.

Am Horizont steigen Prilblumen aus dem Meer auf. Wir können sie alle sehen.

Meine Zimmernachbarin hat vor einer Woche vergessen, wer sie ist. Plötzliche Amnesie. Sie ist abends ins Bett, und morgens nach dem Aufstehen wusste sie nicht mehr, wer sie ist. Das könnte mir nicht passieren.

Am Abend stürmt eine Bauchtänzerin zu spät zum Essen herein und ruft: »Herrschaften! Ich grüße Sie!« Ich lache leise in mich hinein. Eine dicke weiße Frau in einem bauchfreien Pulli und kleinen Glöckchen um die Fußgelenke. Sie unterhält uns. Ich kenne sie gar nicht, aber sie macht die Atmosphäre familiär. Die Depressiven, neben denen ich am Tisch sitze, sitzen muss, bemerken sie kaum. Der Frau neben mir fällt nur der Brei aus Buttermilch und Leberwurst aus dem Mund, als er ihr für Sekunden offen steht. Ich würge nicht, ich bin zu müde.

An Maßlosigkeit leiden hier alle. Die Bauchtänzerin geht in unserer Abwesenheit in die Zimmer und klaut sich durch die Nachttische. Sie nimmt alles mit, was essbar scheint, und stopft es sich in den Hals, wie eine Gans vor Weihnachten – selbststopfende Gans. Es ist ihr egal, ob sie aus meinem Nachttisch klaut, etwas unter der Matratze oder im Mülleimer findet, sie isst alles, nur nicht, wenn es einer sieht.

Lange muss ich nicht durchhalten, obwohl ich es hier gut habe auf meinem Aussichtspunkt. Um mich herum sind alle verrückt. Ich kann spüren, dass ich es nicht bin. Ich sehe mich um und bin froh und glotze von hier oben in die Welt. Eng ist es. Monn kommt am Nachmittag, sitzt mit mir im Innenhof und trägt sogar meine Wäsche nach Hause, um sie zu waschen und neue zu bringen. Heiner kommt und umarmt mich mit einer überwältigenden Zärtlichkeit, von der mir übel wird. Vielleicht ist das auch Lust. Ich sitze hier oben auf meinem Aussichtspunkt und kann die ganze Mühle sehen, wie sie sich dreht. Die Unruhe meiner Mitinsassen ist riesig, ihre Zerrissenheit steht in den Furchen ihrer Gesichter, in den Falten oder in ihrem hohläugigen Blick. Es ist ein *leises Zittern, wenn das Schiff ganz langsam in die Höhe steigt.* Sie sind Fluchttiere. Bei ihnen dort unten hielte ich es nicht aus.

Ich schlafe und schlafe und esse mein Frühstück, mein Mittag- und mein Abendessen. Ich klage nie und kann mich allein beschäftigen. Die Medikation ist so gering, dass die Schwestern darüber lächeln. Zehn von vierzehn Nachmittagen sitze ich schweigend mit Monn im Innenhof. Nach zwei langen Gesprächen mit der Ärztin werde ich entlassen. Sie sagt, ich solle mir ambulant einen Therapeuten suchen, und zwar schnell. Ich unterschreibe einige Krankenkassenschreiben und packe meine Sachen ein.

»Janfilm«, sagt die Ärztin. Sie spricht von einem Janfilm. Ich glaube auch, dass dieser Film immer noch läuft.

»Die Wut einer Überlebenden. Dieses Trauma setzt Maßstäbe. Jedes weitere Stück Leben wird sich daran messen müssen«, sagt sie.

»Dein Meer ist ein Aquarium«, schreit Monn.

Ich lache Monn aus. Monn, der die Wirklichkeit ausblendet und mich darauf hinweist, mein Meer sei ein Aquarium. Er glaubt wohl, ich weiß nicht, dass ich eine Tür hinter mir zugeschlagen habe. So eine Tür fällt laut ins Schloss. Ich bin betrunken. Monn hat mich heute Morgen aus der Klinik abgeholt und wieder von Elba gesprochen. Insel Elba. Die schöne Elba. Klingt nach Cousine. Einer Liebe, die nicht sein darf.

Ich habe ihm gesagt, ich muss zu Hause nachdenken. Jetzt sitze ich hier. Stunden, Tage des Alkoholismus. Nüchtern ertrage ich die Wohnung nicht mehr. Immer höre ich Heiner an der Wohnungstür. Er ruft, ich soll kommen. Er repariert ein Scharnier. Ich soll ihm irgendeinen Schraubenschlüssel bringen. Ich rufe, er soll abhauen. Dann kratzt es. Dann klingelt das Telefon und Jans Eltern reden irgendeinen Unsinn auf das Band. Ich kotze ins Waschbecken. Ich schlafe darüber ein. Ich vermisse Jan.

Monn versteht nichts. Wie soll er auch? Er schaut nur immer nach vorn. Natürlich schaut er nach vorn. Er könnte wissen, dass ich keinen Platz für ihn habe, denn ich spreche in Rätseln und immer nur von gestern. Aber er schaut nur nach vorn und sieht so schön dabei aus, als warte er auf die Ankunft eines Schiffes, als halte er Ausschau nach dem Schiff, das nicht weit vom Ufer vor Anker liegt.

»Das nennt man zwanghaft, wie du alles zurechtschiebst in dieser gammligen Wohnung«, sagt er.

»In dieses Revier pinkelst du nicht, das ist meins.«

Das versteht er, diese Töne kann er begreifen.

Er sagt: »O.k.«, und geht zur Tür.

»Danke, dass du nicht gepackt hast«, sage ich versöhnlich.

»Fang an!«, sagt er und verschwindet, vermutlich stark gekränkt.

Zur Fürbitte stehe ich auf, und wenn sie sagen, dass wir alle an die denken sollen und Gott soll bitte für diejenigen da sein, die jemanden verloren haben oder selbst krank sind oder im Sterben liegen, dann weine ich.
Ich schaue hoch zum weißen Herrnhuter Stern und denke an Jan und denke an Jan beim ›Vater Unser‹ und bei ›O du fröhliche‹ und weine und vermisse die kalte, klare Luft, die immer war, wenn wir zusammen in die Christvesper gingen.

Ich verlasse die Wohnung früh. Ich darf wieder arbeiten, drei Tage die Woche haben sie mir angeboten, auf Probe. Ich bin irritiert von dieser Art, aber lasse mir von Monn erklären, dass sie sehr menschlich reagiert haben.

»Die mögen dich da sehr«, sagt er.

Mein Dienst beginnt um halb sieben. Um sieben kommen die ersten Gäste zum Frühstück. Am Vormittag bringe ich Kaffee oder Tee an die Tische, räume benutztes Geschirr ab, decke neu ein, fülle das Buffet wieder auf, poliere Besteck, bringe Kaffee oder Tee an die Tische, räume benutztes Geschirr ab, decke neu ein, fülle das Buffet wieder auf, poliere Besteck, bringe Kaffee oder Tee an die Tische, räume benutztes Geschirr ab, decke neu ein, fülle das Buffet wieder auf und poliere Besteck. Gegen zwei Uhr sind die Gäste ausgeschwärmt, die Kolleginnen und ich haben den Frühstücksraum gereinigt und bereits für das Frühstück am nächsten Morgen eingedeckt. Feierabend: Ich fummele mir die Fliege vom Hals, quäle mich aus der engen Strumpfhose, aus Rock und aus Bluse. Das Mobiltelefon zeigt drei Anrufe in Abwesenheit an. Strübings haben wieder versucht, mich zu erreichen. Ich laufe an den Kollegen vorbei. Einer hält mir ein Päckchen Zigaretten entgegen. Ich ziehe eine Zigarette heraus und paffe sie angestrengt.

Wie es geht, will er wissen.

»Gut«, sage ich.

Und er lässt mich gehen, streicht über meine Schulter, als ich an ihm vorbei will, und wir sagen: »Bis morgen.«

Ich nehme die S7 zu Monn.

Jan hat diese Narbe drei Finger breit über der Stirn, hinter dem Haaransatz, einen Finger breit, einen Mittelfinger lang. Dort machen sie ihn auf, dort schneiden sie die Wucherung heraus und machen ihn wieder zu. Ist er frisch operiert, frisch geklammert, trägt er ein Basecap, den Schirm schiebt er aber weit zurück, damit es nicht drückt. Er pult am Schorf. Er schwemmt auf und reagiert so auf das viele Cortison.

Ich laufe die Mittelallee entlang und suche das richtige Gebäude. Ich laufe in das richtige Gebäude und suche die richtige Station. Ich suche die richtige Etage und das richtige Zimmer. Ich öffne die Tür und sehe einen fantastischen Patienten, einen, der schon Besuch hat, der sein Handy angeschaltet hat und Anrufe entgegennimmt, einer, der Hunger hat und die Schwestern herumkommandiert. Einen, den sie für etwas ganz Besonderes halten, weil er so jung ist, und als Anrufe aus New York kommen, sind die Großstädter ganz aus dem Häuschen. Ich gebe die Spielverderberin, die besorgte Mutter, und Heiner und ein paar Kumpels setzen mich ab und greifen sich Jan, der lacht und motzt, und sie fahren ein paar Runden im Viertel mit dem Cabrio und ich fluche und sage, dass das jetzt echt dumm ist, im Sinne von falsch. Aber wen interessiert das? Ich sitze auf den Stufen vor dem richtigen Gebäude und schaue die Mittelallee auf und ab. Vor den Menschen, denen die Katheterbeutel unter den Morgenröcken hervorgucken, ekle ich mich.

Ich stolpere in Monns Haus. Mein Telefon läutet. Meine Mutter ruft an und fragt, wie es mir geht.

»Du bist ja jetzt nicht mehr so viel allein. Nicht?«

»Jetzt? Nicht mehr allein?«, scherze ich.

»Warum machst du den Strübings nicht auf? Sie wollen doch nur Jans Sachen abholen.«

»Waren sie da? Dann müssen sie mich vorher anrufen!«

»Sie haben dich angerufen. Mehrfach«, sagt sie, und: »Hast du denn jetzt schon eine neue Wohnung? Der Rupert hat mir erzählt, du musst raus?«

Ich erzähle jedes Detail unserer Treffen, als würde diese offensichtliche Mittelvielliebe mein Lebensmittelpunkt sein. Meine Mutter will gar nicht über die Klinik reden. Ich bin wieder draußen, das findet sie ausreichend.

»Du schwärmst ja richtig!«, sagt meine Mutter. »Schön, dich so froh zu hören!«

Aber ich halte dagegen und spreche von allgemeiner und lokaler Schmerzausschaltung. Wenn ich genug Liebe sage, wird der Schmerz für Momente unspürbar. Meine Mutter sagt nichts mehr, ich glaube, sie weint.

»Freu dich bloß nicht zu früh!«, sage ich und lege auf.

Mutter kann danach klingeln, wie sie will, der Hörer bleibt aufgelegt.

Monn steht in der Wohnungstür und lächelt mich an: »Deine Mutter?«

Ich nicke.

»Komm rein.«

Wir kochen uns ein Menü. Monn sagt mir, was ich machen soll, und ich darf auch Vorschläge machen oder Einwände bringen, wenn ich etwas anderes essen möchte, aber ich nicke nur.

»Beschäftigung ist Lebensqualität«, sage ich.

Er freut sich über meine Laune und lacht.

»So«, sagt er. »Du machst das hier«, und gibt mir ein Buch.

Die Seite mit dem Rezept einer Creme Karamell ist aufgeschlagen.

»Die Eisbombe sieht auch gut aus.«

»Sie ist riesig und dauert. Sie muss im Eisfach ein paar Stunden frieren.«

»Klar«, sage ich.

Wir kochen und nippen an unseren Saftgläsern. Als ich die Creme in den Ofen schiebe, wundere ich mich.

»Die muss doch auch zwei Stunden abkühlen?«

»Du bleibst ja noch ein bisschen«, sagt Monn.

»Du hast mit meiner Mutter gesprochen? Wann?«

»Ich hab sie angerufen, als du verschwunden warst. Du hast doch auch kurz mit ihr gesprochen.«

»Woher hast du denn die Nummer?«

»Von Heiner.«

»Ach, seid ihr so richtig befreundet? Ich dachte, du kennst ihn nur flüchtig?«

»Wir haben uns halt Sorgen gemacht.«

Ich schaue ihn an und dann schaue ich auf den Tisch. Monn hat Salat gemacht. Er hat Salat angerichtet, nicht zugerichtet. Er hat eine Mango aufgeschnitten und sie in feinen Streifen über die verschiedenen kleinen grünen und lilaverfärbten Blättchen gelegt und eine Sauce darüber vergossen, aber er verrät mir nicht, woraus sie ist. Dann gibt es Reis und Gemüse. Aber es schmeckt nicht wie Reis mit Scheiß, wie ich es kenne. Es schmeckt delikat.

»Das schmeckt delikat!«, sage ich jetzt auch laut und lache.

»Delikat? Ja. Sehr delikat«, sagt Monn.

Er lacht. Er nickt. Monn sagt, sich Gabel für Gabel seinen Mund befüllend, seine Mutter habe gesagt, ich solle doch Jan einen Brief schreiben.

Sie habe mal dem kleinen Mädchen, das sie früher war, einen Brief geschrieben und damit ein ganzes Trauma überwunden. Ich könnte mich bei ihm postum entschuldigen, das würde mich entlasten, meinen beide. Postum klingt nach Ungeheuer. Ich schaue zurück und sehe nicht ein, warum ich darüber noch einmal schreiben soll, ich meine nicht verheimlichen, ich meine nur, es gibt so viel zu erinnern: Warum das? Warum nur das? Es bestand doch nicht all unsere gemeinsame Zeit nur aus Heinerhassen und Heinerverpfeifen und meinem Darüberschweigen, daran schuld zu sein.

»Vielleicht geht's dir deshalb so schlecht, weil du das Gefühl hast, einen großen Fehler gemacht zu haben?«, spricht Monn in meine Gedanken.

»Monn, ich muss jetzt los«, höre ich mich.

»Kann das nicht sein?«, fragt er weiter.

»Mit Jan hatte das wohl nur indirekt zu tun. Eher mit Heiner«, sage ich und stehe auf.

Ich verscheuche die Fliege an meinem Ohr unsanft mit der Hinterhand.

»Und die Creme? Willst du nicht lieber hier schlafen? Geht das allein?«

»Ich kann mir ja eine mitnehmen?«

»Nimm zwei.«

Wir lachen noch einmal.

»Ich finde das mit Heiner irgendwie nicht so schlimm. Er auch nicht. Ich meine, er hatte ja ein richtiges Problem.«

»Ein richtiges Problem?«

»Er hat ja definitiv zu viel gekifft. Von den anderen Sachen ganz zu schweigen.«

»Ja, lassen wir das. Ich fahre morgen an die Ostsee zu meinen Eltern.«

Ich höre mir zu, wie ich es sage, aber ich bin nicht sicher, ob ich das wirklich will.

»Und die Wohnung?«, ruft er durch den Hausflur.

»Ich mach das schon, ich ruf dich an.«

Durch Hohlspiegel, hinter denen Menschen laufen und sich verzerren, zeigt sich vor mir die Straße durch beschlagenes Glas. Auf dem Nordpol das Vergessen, auf dem Südpol das Erinnern. Ich bin müde. Es ist schon spät. Überall stehen die Dinge nicht an ihrem Ort. Nicht an ihrem alten und noch nicht an ihrem neuen. Es ist chaotisch. Oder kommt es mir nur so vor?

Ich wusste gar nicht, wie groß diese Wohnung ist. Ich bin noch nicht dazu gekommen, sie zu vermessen. Zeit ist genug, aber sie ist nur mit unsinnigen Sachen gefüllt. Überhaupt nur mit Sachen. Und mit Jan, den ich nicht hinausschieben kann, den ich nicht über die Schwelle dieser Wohnungstür tragen kann.

Nach zweieinhalb Stunden Regionalzug liege ich vor dem Fernseher auf der Couch und höre, wie ein Schlüssel im Schloss umgedreht wird. Einen Moment später steht Mutter im Zimmer. Ich stehe auf.

»Eva! Du bist hier!«, sagt Mutter und breitet ihre Arme aus.

Wir kochen Kaffee.

Ich schaue Mutter an, die müde den Zeitungsstapel ordnet.

»Du warst sehr lange nicht bei uns.«

Ich stehe auf und gieße Kaffee nach, stehe am Fenster, durch das man nur den abbröckelnden Putz des gegenüberliegenden Hauses sehen kann. Ich setze mich wieder, um die Maserung des Tisches nach Gleichmäßigkeiten abzusuchen. Mutter kommt und streicht mir über den Kopf.

»Bleib doch ein paar Tage!«, bittet sie und nickt und nickt.

»Ja. Ich habe eine neue Wohnung«, sage ich.

Ich erzähle ihr von der neuen Wohnung, die ich in Aussicht habe, und wieder von Monn. Diesmal übertreibe ich nicht. Ich erzähle ihr vom Kochen und vom Essen und von Elba.

»Monn will mich mal mitnehmen. Diesen Sommer«, sage ich.

»Bekommst du denn Urlaub? Wann ziehst du um?«, will Mutter wissen.

»Wenn ich zurück bin, packe ich. Und dann fahren wir los. Auspacken hat ja Zeit.«

»Und Jans Sachen?«

»Ich geb alles Jans Mutter. Versprochen.«

Nichts ist versprochen, denke ich. Nichts.

Ich mache mir ein Bett auf der Couch im Arbeitszimmer meines Vaters. Mutter bezieht mir meine angebliche Lieblingsbettwäsche. Ich lege mich auf die ausgezogene Couch und schaue die Regalreihen der Bücher durch. Mutter streicht mir über den Kopf.

»Ich bin in der Küche. Wenn du noch was essen willst?«

»Ich bin müde. Ich will nur schlafen.«

Jan schwimmt mit großen Zügen aufs Meer hinaus. Er dreht sich auf den Rücken. Er hebt den Kopf und winkt mir umständlich zu. Ich sehe ihm nach.

Ich benutze Worthülsen, und hinter der Tür lausche ich, was Vater, der nach Hause gekommen ist, und Mutter daraus machen. Wie sie in alles Bedeutungen legen, das heißt, mit Sorge meine Redewendungen zusammentragen, um sie dann auseinanderzupflücken. Ich schnaufe. Ich atme laut. Dieses Heim strengt mich an. Diese Mutter, dieser Vater. Als Vater auf die Zimmertür zugeht, hinter der ich liege, höre ich ihn sagen:

»Na dann will ich ihr mal Hallo sagen.«

Ich drehe mich auf die Seite. Er öffnet die Glastür einen Spalt und bemerkt wohl, dass ich schlafe, und geht wieder hinaus. Als kein Licht mehr durch die Tür fällt, es lange still ist in der Wohnung, stehe ich auf und schleiche mich fort.

Ich laufe die Straße zum Bahnhof hinauf und nehme die S-Bahn nach Warnemünde.

Die Ostsee tritt in leisen Zügen ans Ufer. Das Grau des Sandes leuchtet. Es ist ein erster später Frühlingsabend. Ich hocke am Ufer. In kleinen gleichmäßigen Abständen schwappt das Wasser der Wellenbewegung über meine Füße.

»Was ich sagen kann, See, ist, dass du alles wieder anspülst, aber nichts hergibst. Du spuckst mir über die Füße.«

Ich sinke auf den Boden und sacke auf die Seite. Ich schmecke den Sand, fühle spitze Muschelstücke, die auf die Zunge und am Gaumen drücken, und schmecke das Wasser und das Salz.

»Ins Meer gehen!«, schreie ich.

Rechts von mir stehen in vielen Metern Abstand die Warnemünder Leuchttürme, Steuerbord grün, Backbord rot. Nicht weit vom Roten haben sie Jan ins Meer geworfen. Das Meer hat ihn nicht gleich aufgenommen, der Wind und die Wellen haben gegen die Urne geschlagen, ihn aber dann doch verschluckt. Innerhalb kurzer Zeit hat sich die Haut der Urne im Meerwasser aufgelöst und den Aschehaufen freigegeben, der nun auf dem Boden ruht und immer mehr von Sand bedeckt wird: ein schlecht zugängliches Grab.

In Heiners Zimmer steht schon lange nichts mehr – außer einem Klappbett. Das Zimmer hinter Jans gehört mir. Darin steht ein Bett unter dem Fenster, dessen Gardinen fast immer geschlossen sind, mein Schreibtisch ist überfüllt mit Zeitungen. In Jans Zimmer steht auf einem Teppich in der Mitte des Raums eine Vase mit Stielen vertrockneter Blumen, die Blütenblätter liegen verstreut auf dem Dielenboden und der Blütenstaub in kleinen gelben Häufchen auf dem Lack.

Ich setze mich in eine Kneipe und trinke Pils und esse ein Würzfleisch. Die Worcestersauce lasse ich weg, obwohl ich sie noch nie probiert habe, aber ihr Braun ist wirklich widerlich. Ich hebe den Käse ab und lege ihn auf den Unterteller. Einige Male nehme ich die Worcestersauce in die Hand, aber ich kann mich nicht durchringen, auch nur einen Tropfen auf die

Fleischwürfelmasse zu geben. Ich rühre in der Pampe, bis es aufhört zu dampfen, und genieße mein Lieblingskinderessen in wenigen Hapsen. Als die Kellnerin letzte Runde ruft, zahle ich und nehme die Fähre nach Hohe Düne und laufe am Neubau des Hotels im Jachthafen vorbei.

Ich höre ihn, wie er ruft, dass ich mich gefälligst beeilen soll, die Fähre warte nicht auf jeden. Als ich mich anstelle, die Hand des Fährmanns anzunehmen, der mir über die eingezogene Reling helfen will, lacht er: »Ich weiß auch nicht, dieses Pferd geht sonst mit jedem«, ruft er dem Fährmann zu, der sein Onkel ist und diese Art Humor liebt, wenn er zu solchen Empfindungen überhaupt in der Lage ist, denn seine Hände sind Pranken.

Ich höre Jan nicht nur. Ich kann ihn sehen. Er wirft seine Arme hoch. Sein Turmspringerkörper wird zu einer kräftigen Spindel. Seinen Kopf dreht er anmutig nach links, sein Kinn und seine Nase zieht er laut atmend hoch: Ich sehe die polnische Turnerin. Ich sehe uns lachen. Es ist so nah. Gestern.

Und dann höre ich ein tiefes Horn, und als ich mich erschreckt zur Seite drehe, schwebt eine riesige Fähre an mir vorbei. Sie ersetzt die Hofgeräusche, das Pfeifen unten im Innenhof oder den Mülleimerdeckel, der zufliegt, oder einen Hubschrauber, der über dem Viertel kreist, und schon und plötzlich ist er da: der Augenblick, in dem ich wahrnehme, für wahr nehme, dass gestern eine Erinnerung ist. Diese Nähe von gestern, von eigentlich vor einigen Monaten, diese Nähe ist atemraubend.

Ich gehe bis an das Ende der Mole zum roten Leuchtturm. Dort steht jemand in dunkler Kutte. Eine helle Kapuze über den Kopf gezogen. Er raucht. Ich stelle mich einige Meter neben ihn. Ich denke, es ist ein Angler. Dann bemerke ich, dass er immer wieder zu mir schaut und er keine einzige Angel ausgeworfen hat. Es wird mir unheimlich.

»Ach, Eva!«

Ich sehe auf. Es ist Heiner. Er kommt auf mich zu, ganz nah. Seine Augen lächeln mich strahlend an, sie sind klein, und ich weiß, sie sind rot.

So hat er gelächelt, wenn er mit dem Rücken an die Boxen gelehnt im E-Werk saß. Er stellt sich dicht neben mich und reicht mir einen Spliff. Ich rauche, ziehe und rauche den Filter heiß, dann schnippe ich ihn ins Meer.

»Es ist das erste Mal, dass ich wieder hier bin«, sagt Heiner.

»Mitten in der Nacht?«

»Naja, das kann ich dich auch fragen«, sagt er.

Ich schaue auf die schwarzen Wellen, die sich an den Steinen brechen. An manchen Stellen schimmert es auf ihnen hell.

»Die Leute werfen hier die Blumen rein«, sagt Heiner und zeigt genau auf die hellen Stellen. Er kann gerade mal erkennen, in welche Richtung meine Nasenspitze zeigt.

Ich sage: »Ich mag es nicht, wenn man den Grund nicht sieht.«

Und er antwortet: »Ich mag es nicht, wenn man den Grund nicht kennt.«

Ich umarme Heiner.

»Tut mir leid«, sage ich.

Er zuckt mit den Schultern. Wir stehen einen

Moment in der Dunkelheit und sehen dunkle Schatten an den Steinwall schlagen.

»Komm!«, sagt er.

Wir trotten zurück zum Fähranleger, gehen ein Stück in Richtung Markgrafenheide und nehmen den ersten Strandaufgang von der Landstraße aus, hinter dem Ortsausgangsschild Hohe Düne.

Ich werfe mich in den feuchten Sand. Ich verliere die Orientierung. Ich brülle Heiner an, dass er sich verpissen soll. Heiner mag mich nicht, jetzt nicht, weil ich hysterisch bin. Er geht. Er schleicht. Er hat uns zu viele Spliffs gedreht. Er hat gesagt, er hört auf. Meine Knie ragen ins Meer. Nirgendwo am Horizont ist ein Licht zu sehen.

»Frontalhirnsyndrom«, flüstert sein Arzt mir im Gang zu, und als ich ihn daraufhin noch einmal anrufe, sagt er, er kann mit mir nicht einfach am Telefon darüber reden, er weiß ja nicht, wer ich bin. »Sie haben mit mir auch einfach im Flur darüber geredet!«, sage ich.
Aber er kann mir jetzt nichts sagen, er hat seine Vorschriften, ich kann zu ihm kommen, eine Vollmacht

mitbringen und dann spricht er mit mir. Aber dann sagt er doch, Frontalhirnsyndrom, sagt man so. Jan folgt jetzt nur noch unüberlegt seinen Impulsen. Er kann sich nicht mehr konzentrieren, beziehungsweise fehle es ihm an den Instanzen wie Vernunft und Impulskontrolle. Wolle er zum Beispiel telefonieren, nehme er den Hörer ab, wisse aber dann nicht mehr, wen er warum anrufen wolle, und er lege deshalb auf, das könne mitten im Gespräch passieren. Fiele es ihm wieder ein, ginge das Prozedere von vorne los. Ja, antwortet er mir, deshalb ruft er Sie an und legt wieder auf und ruft wieder an.

»Kann man das nicht operieren?«

»Nein, man kann ihn nicht mehr operieren. Das ist ethisch nicht vertretbar. Die kritische Menge wurde beim vergangenen Mal überschritten. Es tut mir leid«, sagt er.

Wenn ich ihm nun sage, dass er nicht mehr operierbar ist, was dann? Er sagt, in seiner derzeitigen Verfassung wird er versuchen, sich umzubringen, es werde ihm aber wahrscheinlich nicht gelingen, weil er es zu schnell wieder vergesse. Er empfange Impulse, könne sie aber nicht kontrollieren oder verarbeiten. Dies sei ein quälendes Dilemma.

»Ich werde es ihm nicht sagen«, sagt er.

»Sie müssen es ihm aber eigentlich sagen? Er ist doch Ihr Patient.«

»Wenn ich es vertreten kann, zu diesem Zeitpunkt kann ich es aber nicht vertreten! Herr Strübing wäre in diesem Fall suizidgefährdet«, antwortet er.

Ich wache auf, weil ich friere. Heiner liegt neben mir. Wir liegen in den Dünen. Das Meer ist still. Irgendeine Ruhe vor irgendeinem Sturm. Er hat seinen Kopf zwischen meine Schulter und meinen Kopf gelegt. Seine Kopfhaut und der Haaransatz sind voller Sandkörner. Das Meer hat sich etwas zurückgezogen. Ein paar Kutter sind draußen. Um uns herum stolzieren ausgewachsene Mantelmöwen. Sie haben sich Heiners Rucksack geschnappt. Sie versuchen ihn aufzureißen, picken mit ihren festen gelben Schnäbeln auf ihn ein wie auf ein Stück Aas mit fester, dicker undurchdringlicher Haut, ziehen ihn dabei unwillkürlich immer näher in den Uferbereich. Ich stehe auf und schreie, laufe und kreische. Sie bemerken mein Näherkommen und taumeln einige Schritte zurück, ungläubig schauen sie mich an.

Ich äffe sie nach, greife nach dem Rucksack, klopfe ihn ab und drücke ihn an mich.

Ich sage dem Meer und ich sage den Möwen: »Man gibt Heiner den kleinen Finger und er reicht einem die ganze Hand.«

Es beginnt zu regnen. Die Tropfen sind groß, rund und schwer. Ich setze mich neben Heiner. Er fasst nach mir und zieht mich näher an sich. Seine Mundwinkel sind blau und er zittert. Er zieht seine Arme von mir ab und steckt seine Hände zwischen seine Beine. Ich schiebe ihm seinen Pony aus dem Gesicht. Er sieht mich an.

»Komm, ich hab Hunger«, sage ich.

Hinter den Dünen zischt das Wasser unter den Reifen der Autos. Wir sehen, dass gerade ein Bus kommt, und winken und laufen ihm entgegen zur Haltestelle. Wir sitzen im Bus, wir steigen aus, wir gehen auf die Fähre, wir setzen über, wir gehen über die Gangway, wir gehen zum Imbiss, wir essen Currywurst.

Wir denken an Jan und Heiner sagt auch: »Jan«, und zeigt auf die Wurst und grinst.

In der S-Bahn fragt er, ob ich mitkomme, er will noch zu Jans Eltern.

Ich antworte nicht, sehe ihn wohl fragend an.

»Na komm schon, die freuen sich. Wir gehören doch jetzt zur Familie.«

Als der Zug in Schmarl hält, laufe ich ihm einfach nach. Alle raten mir, mich den Dingen zu stellen, und ich nehme an, dass solch ein Wiedersehen zu den Dingen gehört.

Jans Vater ist nicht da, seine Mutter umarmt uns liebevoll.

»Eva, du siehst müde aus.«

»Bin ich auch. Wir haben am Strand geschlafen. Ein bisschen zumindest.«

Sie bietet uns Kaffee an, Heiner möchte lieber ein Bier.

»Ein bisschen früh?«, lacht sie, stellt ihm aber eins hin.

Wir sitzen in der Essecke, und als wir uns genug beieinander nach Zucker oder Milch oder Milch und Zucker erkundigt haben, kommt das Gespräch ins Stocken.

»Was macht die Arbeit?«

»Geht«, sagt Heiner.

»O.k. Hab grad erst wieder angefangen. War lange krankgeschrieben«, sage ich.

»Ach ja. Du warst im Krankenhaus? Oder so?«, fragt sie.

»Ja, aber nur kurz. Die fanden mich nicht so gestört«, lache ich.

Heiner und Frau Strübing nicken.

»Deine Mutter hat sich große Sorgen gemacht«, sagt sie.

»Sie kennen meine Mutter?«

Heiner und sie schauen sich an. Sie suchen nach Antworten, sie können sich wohl des Eindrucks nicht erwehren, dass mir das missfällt. Tut es, denke ich. Ich schaue sie aufmunternd an. Die sollen mir mal sagen, was los war. Ein bisschen bekomme ich auch Angst, was mit mir los gewesen sein muss. Ich erinnere mich nicht daran, so auffällig gewesen zu sein, dass gleich ein Eva-Blach-Welterbe-Komitee gegründet werden musste.

»Wir haben uns alle Sorgen gemacht. Du warst so komisch«, sagt Heiner schließlich.

»Komischer als du?«, staune ich.

Beide atmen einmal tief durch.

»Lass das jetzt, Eva!«, sagt Heiner. Und: »Wollen wir los?«

Frau Strübing fragt mich, wann sie Jans Sachen abholen kann.

»Was wollen Sie denn alles haben?«, frage ich.

»Ein paar Sachen eben. Ein paar Sachen von meinem Sohn«, sagt sie.

Sie hat Tränen in den Augen. Heiner umarmt sie schnell und stößt mich an.

»Ja«, sage ich. »Na klar. Kommen Sie vorbei und nehmen Sie sich, was Sie brauchen.«

»Ja, so machen wir das«, sagt Heiner.

Herr Strübing kommt die Treppe hoch. Er lässt sich nicht so viel Zeit wie seine Frau.

»Ach Eva, bringst du endlich die Sachen her? Wir hätten sie auch abgeholt.«

»Ich hab jetzt gar nichts mit, ich war nur zufällig hier.«

Er sagt, seine Frau rede ständig von diesen Sachen, er wisse gar nicht, worum es genau gehe. Fotos? Briefe? Klamotten?

»Wir waren so lange nicht in der Wohnung. Hat er da noch Möbel stehen?«

»Ja, Möbel sind auch noch da«, nicke ich.

»Natürlich«, Frau Strübing weint. »Er ist gar

nicht mehr richtig ausgezogen. Da gab es doch diesen Streit.«

»Hören Sie, ich pass auf, dass das jetzt klappt«, sagt Heiner.

»Bist du denn wieder normal?«, fragt mich Herr Strübing.

»Normal? So normal wie Sie bin ich schon lange.«

Heiner streicht Frau Strübing über die Schulter.

»Wir gehen jetzt mal besser«, sagt er.

Herr Strübing ist rot geworden.

»Kümmer dich darum, meine Frau redet immer nur von diesen Sachen. Ich kann das nicht mehr hören. Wir holen die Sachen auch ab. Aber bald. Und dann ist Schluss.«

Ich winke Jans Mutter zu, als ich schon fast außer Sichtweite bin. Durch die Streben des Geländers sehe ich ihr verweintes Gesicht und eine Ähnlichkeit mit Jan. Eigentlich ein Grund zu bleiben. Heiner schiebt mich weiter.

Jan sitzt in seinem Rollstuhl und mault. »Ich möchte auch laufen«, sagt er. Heiner sagt: »Dann mach es doch.« Jan erhebt sich, erinnernd langsam. Er läuft los, der Rollstuhl bleibt einfach zurück. Heiner und ich sehen uns an. Wir wundern uns und freuen uns, aber Jan bemerkt das nicht, er läuft und Heiner läuft ihm nach. Sie kaufen Saft und Snickers. Und gehen vor die Tür. Dort stehen die Alten, gestützt auf Krücken oder an die Schultern der Verwandten, und viele sitzen auch kreuz und quer über den Parkplatz hier in Grünheide verteilt in ihren Rollstühlen und sehen vor sich hin unter der warmen Sonne.

»Weg hier!«, brüllt Jan, als er genug gesehen hat, und läuft vorneweg an den See, an dem wir dann zu dritt sitzen und drüber hinwegsehen und schweigen.

Zu Hause sitzt Monn mit Mutter in der Küche. Mutter und er tauschen Blicke aus.

»Was machst du hier?«, frage ich ihn.

»Ich habe ihn gebeten zu kommen«, beschwichtigt Mutter mich.

»Du warst heute Morgen verschwunden. Wir wussten nicht, wo du bist. Wo warst du?«

»Bei Jan«, antworte ich und meine am Strand.

»Jan ist tot«, sagen beide.

»Ja«, nicke ich. »Und ich war an seinem Grab.«

Monn bittet mich zu packen, er muss heute noch zurück nach Berlin. Ich gehe und hole meine Sachen.

»Aber einen Kaffee trinken wir noch!«, ruft Mutter mir nach.

Als ich in die Küche komme, beginnen sie zu schweigen und lächeln mir aufmunternd zu. Sie fragen mich, ob ich einen Kaffee möchte oder Tee oder was.

Ich frage: »Wollt ihr mich verheiraten?«

Sie sehen sich wieder verständnisvoll an.

»Nein«, lachen sie einig.

»Setz dich mal«, sagt Monn.

Das Hündchen macht Platz.

»Also, was ist?«, frage ich und vermute hinter ihrer Geheimniskrämerei neue Sorgen über mein seelisches Wohlergehen.

Monn sagt, er möchte mit mir nach Elba fliegen. So bald wie möglich. Ich verstehe fliehen, sage aber nichts.

»Ich finde das eine gute Idee von Rupert. Er hat mir ja heute Morgen schon davon erzählt«, sagt meine Mutter.

Und mein Vater kommt in die Tür und ruft

begeistert: »Ach, redet ihr schon von Elba? Da können wir dir sicher was dazugeben.«

»Danke«, sage ich. »Das ist lieb. Das machen wir.« Ich lege im Aufstehen eine Hand auf Monns Schulter und lächle in die Runde. Ich hole meine Jacke von der Garderobe im Flur und rufe: »Ich fahr nochmal an den Strand.«

Aus der Küche höre ich: »Warst du heute bei den Strübings?« Stühlerutschen und Getuschel. Ich drehe mich nicht nochmal um.

Man kann doch nicht mit Tieren sprechen. Das macht man nicht. Daran will ich mich halten. Aber sie fragen mich jetzt manchmal etwas.

Sie fragen nach Jan. Und ich will Jan nicht vergessen. Ich will ihnen nichts erzählen. Aber Jan nicht vergessen und sie fragen, worauf ich antworten will. Wenn ich aufhöre zu antworten, werde ich beginnen, Jan zu vergessen. Die Zeit legt sich über die alte Zeit, wandert weiter und alles schreitet fort, aber ich will nicht mit.

Jeden Tag nach der Arbeit packe ich Sachen.

Jeden Morgen suche ich etwas und ziehe es aus einem der Kartons. Ich finde es nicht gleich.

Ich suche in den Kartons, durchsuche sämtliche Kartons und packe sie aus, packe sie ein.

Monn kommt vorbei und sagt: »Viel ist es ja nicht.«

Da muss ich erst einmal schlucken.

Oder er sagt: »So wird's aber nichts.«

Und er überrascht mich nachts, steht plötzlich im Korridor vor mir.

Er sagt: »Komm doch wieder ins Bett!«

»Ja«, sage ich. »Gleich. Geh schon vor.«

Ich schreibe Jans Mutter eine SMS. Sie können Jans Sachen abholen, schreibe ich. Lösche sie. Ich kann Ihnen Jans Sachen schicken, schreibe ich. Lösche sie.

Ich will nicht, dass noch jemand die Wohnung betritt. Mich in den wenigen Wochen, die mir bleiben, hier noch zusätzlich stört. Die paar Wochen, denke ich.

Monn regelt plötzlich alles. Er hat schon mit Heiner gesprochen und mit den Strübings. Ich will das nicht, aber es erscheint mir besser, nichts zu sagen. Ich will nicht wieder ins Krankenhaus.

Er bringt Jans Zimmer durcheinander. Räumt

einen Stuhl ab, nimmt ihn und trägt ihn in die Küche.

»Auf dem anderen kann man nicht sitzen. Der ist total kaputt«, sagt er.

Ich kann mich nicht mehr zurückhalten. Ich schreie ihn an. Er sagt, er werde jetzt gehen, ich solle mich erst mal beruhigen. Ich weiß nicht, wo er das alles gelesen hat.

»In welcher Phase der Trauer befinde ich mich denn deiner Meinung nach?«, rotze ich ihn an.

Er geht und ich stehe im Korridor. Ich weiß nicht mehr, was in welchem Karton ist. Ich weiß nicht mehr, wo welcher Stein auf dem anderen stand. Ich rufe Heiner an.

Jan schwimmt mit großen Zügen aufs Meer hinaus. Er dreht sich auf den Rücken. Er hebt den Kopf und winkt mir umständlich zu. Ich sehe ihm nach.

Heiner kommt übers Wochenende. Und Monn lässt uns in Ruhe. Wir sitzen wie die Kinder auf dem Fußboden, rutschen auf den Knien und ich lasse ihn schwelgen. Er zeigt mal auf dieses, mal auf jenes und erzählt dazu etwas aus unserem

Leben, und langsam bringe ich Ordnung in das Durcheinander.

»Aber du packst das alles schon noch wieder ein?«, fragt er.

»Ja, aber nicht heute«, sage ich.

Er nickt still und reicht mir einen Kurzen rüber.

Jan ist in allen Dingen. Er ist mir gegenwärtiger als Monn es ist. Ob das stimmt? Jan ist so gegenwärtig, dass er lebt. Jan, seine an ihn gebundenen Gesten, jede Faser seiner Nagelhaut, ist mir so vertraut, dass ich ihn vor mir sehe. Ich spüre ihn. So nah kommt mir nur Jan, auch aus der Ferne.

Kann es überhaupt sein, dass die Welt noch da ist, wenn alles so still ist?

»Ich weiß noch was«, sage ich.

»Was?«, fragt Heiner. »Was meinst du?«

»Du suchst doch was zu rauchen. Oder nicht?«

Heiner zuckt mit den Schultern. Er liegt auf den Dielen, lang und dünn, und wühlt in den Taschen seiner Riesenjeans, ein zerknautschtes Päckchen Tabak hat er schon herausgezogen.

Sein Kinn auf die Brust gedrückt, zuckt er müde mit den Schultern.

»Hast du denn was?«, fragt er.

»Im Bad.«

»Im Badezimmer?«

Ich gehe ins Bad und hocke mich vor die Badewanne und versuche, die Kachelklappe zu öffnen. Heiner kommt leise hinterhergeschlichen und steht in der Tür, den Kopf an die Zarge gelehnt. Die Klappe hakt. Heiner geht auf Zehenspitzen zum Waschbecken, um mir meine Zahnbürste zu geben, dabei werden seine Tennissocken nass.

»Schön kühl«, sagt er.

»Mit der kann ich nicht viel anfangen«, sage ich kichernd und reiche ihm die Zahnbürste zurück. Er gibt mir sein Taschenmesser. Die Klinge greift hinter die Klappe und die eingefassten Kacheln fallen nach vorne heraus.

»Was machst du da eigentlich?«, fragt er.

Ich fasse unter den Wanneneinsatz und greife ein Paket heraus.

»Was ist das?«

Ich reiße die Plaste vom Paket.

»Wie kommt das denn hierher?«

»Hast du noch Papers?«, frage ich.

»Ja. Natürlich. Aber nicht so viele«, lacht er.

Wir packen die Platten aus. Es sind sieben Stück. Heiner holt Papers aus seinem Rucksack. Irgendwann kommt er dann wieder auf seine Frage zurück.

»Woher hast du das eigentlich?«

»Ich hab das damals versteckt«, sage ich.

»Damals? Wann damals?«

»Das ist noch von dir«, sage ich.

»Aber dann müssten das doch die Hunde gerochen haben?«

»Ich weiß nicht, was du gesehen hast, aber hier waren keine Hunde. Die schleppen doch bei kleinen Fischlein nicht gleich ne Hundestaffel ins Haus«, sage ich.

Wir rauchen und rauchen. Der Dunst ist dick und zieht in Schwaden durch die Wohnung.

»Mhm«, macht Heiner.

Ich bekomme Hunger, aber ich bin zu müde, um aufzustehen.

»Ich kann hier mit meinem Handy ja Pizza bestellen?«, schlägt Heiner vor.

»Und wer geht zur Tür?«, lalle ich.

Wir beschließen, sofort zur Tür zu gehen oder zu kriechen. Ich ziehe eine Decke mit, die auf dem Boden liegt, und Heiner reißt seine Jacke von der Garderobe neben der Tür. Es klingelt.

Und klingelt. Jan kommt in mein Zimmer gelaufen und weckt mich. Ich höre es poltern und laute Schläge gegen die Tür. »Das sind Bullen«, sagt Jan. »Was sollen wir denn jetzt machen, Eva?« »Aufmachen, natürlich!« »Dann geh du!«, sagt Jan. »Aufmachen!«, brüllt es auch durch die Tür. »Geh zur Seite«, schreie ich Jan an, der sich hinter meinem Rücken zu verstecken versucht. Ich reiße die Tür auf und springe einen großen Schritt zurück. Warum wir erst jetzt öffnen, schreit uns der Einsatzleiter an. »Ich hab geschlafen«, sage ich. Wir sollen in meinem Zimmer bleiben, Heiner liegt noch in seinem Bett, und dort bleibt er auch, allerdings muss er sich etwas überziehen, und als er herummotzt, darf er sich in voller Montur wieder hinlegen, diesmal auf den Bauch und Hände auf den Rücken.
Dann klopft es. Es hört gar nicht mehr auf.

»Ja?«, Heiner hat sich aufgerichtet.

Er hat den Hörer der Sprechanlage am Ohr.

»Ihre Pizza!«

Heiner erhebt sich und drückt den Surrer. Es klopft wieder.

»Der steht schon hinter der Tür, wah?«, flüstere ich.

Heiner guckt mich an, dann schaltet er und öffnet die Wohnungstür. Der Pizzamann überreicht die Pizza und gibt Heiner die Rechnung, dabei treffen sich unsere Blicke. Allerdings liege ich auf dem Fußboden und lächle penetrant. Ich nicke ihm zu und er räuspert sich.

»Ihr habt wohl Hunger?«

Heiner nickt und gibt ihm das Geld. Wir essen die Pizza, ohne sie zu schneiden. Ich klappe meine in der Mitte durch und schiebe nur nach, sobald ich wieder etwas Platz im Mund habe. Dann haben wir Durst. Wir teilen uns anderthalb Liter Fanta. Aber als Heiner auf die Idee kommt, aus der Flasche eine Bong zu bauen, lehne ich ab.

»Dann lieber Sex«, sage ich.

»Versuchen wir's erst mal mit Schlafen«, sagt Heiner.

Ich sitze nur noch hier und tue, als ob ich nicht da bin. Ich frage mich, wo ich hindurchmuss und wo es da rausgeht, und frage, was da genau bezeichnet.
Ich kann Filme sehen, Musik hören, Radio. Ich kann die Wohnung putzen, einkaufen, mich duschen. Ich kann vom Weckersurren aufwachen, aufstehen, Kaffee kochen, mich anziehen und zur Arbeit gehen. Aber ein Jetzt ist mir dennoch abhandengekommen. Jeden Abend denke ich mir ein neues Morgen aus, und am Morgen mache ich nur weiter.

Überall um mich herum liegt Glück.
Ich kann es ansehen.
Aufheben und mir einheimsen
kann ich es nicht.
Kann ich?

Am Morgen liegen wir wieder auf dem alten Klappbett in Heiners Zimmer. Heiner rollt sich auf den Fußboden und nimmt dabei die Decke mit, davon wache ich auf. Ich schaue zu ihm hinunter. Er blinzelt mich an.

»Das behalten wir einfach für uns«, sagt er.

»Ja«, beruhige ich ihn. »Hast du eine Freundin?«

»Nein. Aber du?«

»Naja.«

Diesmal nimmt er das Klappbett mit.

»Ich wusste gar nicht mehr, dass du das hast.«

Er verspricht mir, beim Umzug zu helfen. Er umarmt mich lange.

Ich sage ihm, dass es mir leidtut mit der Polizei und dass ich ihn verpfiffen habe.

»Das hätte ich dir am Anfang nie zugetraut, aber wenn man dich besser kennt.«

»Wie meinst du das?«

»Lass uns den Teil einfach vergessen. Du hast mir auf eine Scheißart das Leben gerettet.«

»Ah. Du bist ja richtig moralisch.«

Heiner guckt wütend.

»Ich könnte heute den ganzen Tag nackt im Bett sein«, sage ich schnell.

»Mach das«, lacht er mich an.

Ich küsse ihn auf die Wange und umarme ihn fest.

Wer's einmal hat, dem geht es nie mehr aus den Knochen raus, krall dich an mich und danke, dass du mir vertraust, ich will dein fester Boden sein.

Ich fühle mich für einen Moment aufgehoben

in der Welt und erinnere mich an das Meeresbrandungsbad meiner Kindheit.

Vom Fashionvictim zum Pflegefall. Ich werde ihm doch wenigstens eine vernünftige Hose besorgen können? Die können ihm doch nicht so eine Schnellfickerhose anziehen. Wenn er das merkt, was die ihm angezogen haben, dreht er durch.
Ich sitze in seinem stillen Zimmer. Das Licht der Lichterketten aus Sternen erhellt den Raum. Jetzt schläft er fast ständig. Die Balkontür steht auf, Kreuzberg ist wach, ein Flugzeug, U-Bahnen poltern: Freitagabend.
Ich wache. Ich sitze an seinem Bett, halte seine Hand, meist halte ich beide Hände. Ich sage: Ich bin hier.

Am Morgen wache ich durch Geräusche im Korridor auf. Dann stehen Monn, Heiner und die Strübings im Zimmer. Sie schauen mich an.

»Guten Morgen!«, sagen sie.

Und Herr Strübing sagt: »Die ist ja noch gar nicht aufgestanden.«

Erst denke ich, es ist ein Déjà-vu, aber dann rüttelt mich Monn, weil ich so geistesabwesend gucke. Ich lächle weiter, und ich glaube, da sind Leute in meiner Wohnung.

»Viel gepackt hat sie ja nicht«, ruft Jans Vater, der durch die Wohnung läuft und alles anfasst.

Heiner schaut sich um.

»Neulich war hier fast alles in den Kartons«, wundert er sich.

»Gegen zwölf kommt der Vermieter«, sagt Monn.

Er schaut mich an und Frau Strübing setzt sich an mein Bett: »Eva, heute musst du hier ausziehen. Weißt du das?«

»Heute schon?«, frage ich.

Alle schauen sich an, Frau Strübing streicht mir auf Janart über den Kopf und nickt.

Ich ziehe mich an, was nicht so schnell geht, denn ich kontrolliere auch noch, wer in welches Zimmer geht und was sie dort machen.

»Fährst du jetzt schon wieder?«, frage ich Heiner, weil er mich so planlos anlächelt.

Er schüttelt den Kopf: »Nein, erst heute Abend. Und wohin mit deinen Sachen?«

»Zu mir«, bestimmt Monn, der jetzt nicht diskutieren will, warum ich die Wohnung seines

Freundes doch nicht haben kann. »Jetzt zieh dich mal an, Eva! Ist warm draußen, brauchst keinen Pullover.«

Ich stolpere in das andere Bein meiner Jeans und höre auf zu humpeln.

»Der Karton nicht, der ist für mich!«, rufe ich, als Herr Strübing den einzig gepackten Karton entdeckt. Frau Strübing schickt ihren Mann in mein Zimmer, die Regale abzubauen, und greift nach mir und zerrt mich in die Küche.

»Ich mach dir jetzt ein Frühstück. Ich hab belegte Brötchen und Kekse.«

»Vanillekipferl? Weihnachten ist vorbei«, sage ich.

»Jans Lieblingskekse. Ich dachte, heute sind sie gut. Hast du Kaffee? Milch? Zucker?«

Ich stelle alles auf den Tisch und ein paar Teller und Tassen dazu.

»Ich möchte gern das große Foto von Jan, das dort.«

Sie zeigt über die Zarge der Tür. Ich nicke.

»Und ein paar Briefe und Postkarten, die ich ihm geschrieben habe, ein Fotoalbum, ein blaues mit einem Storch drauf, und das Service dort.

Um seine Möbel kümmern wir uns. Wenn du sie nicht willst?«

»Mehr nicht?«

»Nein. Ich helfe dir jetzt beim Packen.«

Sie hat Tränen in den Augen, aber sie ist ruhig. Jans Vater kommt in die Küche, auch er ist ruhig. Ich höre Monn und Heiner lachen.

Wir packen und packen. Unter Jans Bett findet Heiner einen alten Gameboy und freut sich wie ein Kind. Auch ein Foto von uns dreien liegt dort zwischen großen Staubflusen, das ich unbemerkt in meine Jackentasche stecke. Frau Strübing stellt mir gefaltete Kartons hin, und ich packe sie in relativer Ruhe voll. Ihr Mann geht mit Monn Bier holen, sie erkundigen sich nach Sperrmüllterminen und klopfen sich – manchmal sichtlich bewegt – auf die Schultern. Anlässlich eines Kusses macht Monn eine Verrenkung zu mir hinunter – zwischen den aufgetürmten Kartons, und er lacht: »Warte, ich mach ein Foto zur Erinnerung an diese Zeit.«

An diese Zeit mich erinnern? Bedeutet, sich an Jan zu erinnern. Dann schließt sich ein Kreis, denke ich. Manche lassen nur ihre Fühler rausgucken aus dem, was sie umhüllt. Wie die vier den Tag so locker herumbringen. Nur selten kann ich sehen, dass diese Wohnung irgendwas in ihnen bewirkt. Ich habe hingegen Mühe, nicht jeden Karton zu umarmen, und wenn Jan manchmal zur Tür hereinkommt, versuche ich, nicht hinzusehen, oder bemühe mich, ihn nicht zu fixieren.

Unter ihren Hüllen haben auch sie sich verändert. Ich bin froh, mit ihnen schweigen zu können. Mit Jan konnte ich immer schweigen, aber dabei verstanden wir uns auch blind.

Ich bekomme eine SMS. Ich sitze in der Tram:
Wollte dir nur sagen, dass es mal wieder so weit ist :-(
Es ist das letzte Mal, dass es so weit ist. Es ist die letzte SMS. Jan verliert sein Telefon. Vermutlich wirft er es aus dem Fenster. Die Schwestern können mir nicht sagen, was passiert ist, aber sie haben die Fenstergriffe abgeschraubt, und immer, wenn ich komme, muss ich sie erst darum bitten, seine Fixierung zu lösen.

Ich suche Jan und bemerke das Fehlen unserer Orientierung.
Aneinander kein Halt mehr.
Kurz über der Augenhöhe beginnt der Horizont, auf dem keine Weltdinge mehr zu sehen sind.
Schneeland: Wand aus grau-weiß
als wäre nichts als nichts
Luftnot zieht ein

Am Abend wirkt die Wohnung fremd. Nur in der Küche stehen noch der Tisch und einige Stühle. Wir essen Pizza und trinken Bier und Cola. Die anderen unterhalten sich. Jans Mutter erzählt von Jan. Von seinen ersten Schwimmversuchen in der Neptun-Schwimmhalle und seiner Zeit als Turmspringer.

»Wann habt ihr euch eigentlich kennengelernt?«, fragt sein Vater.

»Weiß ich nicht mehr genau«, sage ich.

»Ihr wart lange zusammen. Ich kann mir gut vorstellen, wie schlimm das jetzt für dich ist«, sagt er.

Ich spüre, dass etwas nicht stimmt. Heiner guckt fragend zu mir, dann Monn.

Als ich ansetze, um etwas zu sagen, sagt Heiner: »Ach, lass das doch jetzt!«

»Nein, wir waren kein Paar«, sage ich. »Jan war homosexuell.«

Herr Strübing kneift die Augen zusammen, er macht ein Gesicht, als wolle er sich nicht die gute Stimmung versauen lassen, und schüttelt den Kopf.

»Doch«, sage ich.

»Das stimmt schon«, sagt Heiner.

»Warst du sein Freund?«, fragt seine Mutter, die, glaube ich, nicht das erste Mal davon hört.

»Nein«, sagt Heiner mit überraschtem Nachdruck. Das lasse ich so im Raum stehen und lächle betont freundlich.

»Das ist ja heute auch nicht mehr so«, sagt Frau Strübing zu ihrem Mann.

Der lacht kurz auf mit seinem roten Gesicht. Seine Frau steht auf und packt die Pappschachteln zusammen.

»Du schläfst heute bei mir?«, fragt Monn.

»Ja.«

Jetzt fällt ihnen auf, dass der Vermieter gar nicht vorbeigekommen ist.

»Vielleicht habt ihr euch im Datum geirrt?«

Monn ruft in seinem Büro an, aber da ist natürlich niemand mehr. Er wird sich morgen darum kümmern. Ich nicke nur noch und bringe Heiner und die Strübings zur Tür. Sie schleppen jeder einen Stuhl, den Tisch haben Heiner und Monn eben heruntergebracht. Sie kamen lachend wieder hoch, weil ihn gleich jemand mitgenommen hatte. Ich sage gar nichts mehr.

»Geh doch schon nach Hause«, sage ich zu Monn. »Bitte.«

Und Monn lässt mich trotz meiner psychischen Ausnahmesituation allein. Ich stehe im Korridor, im Zimmer von Jan, in meinem, kurz mal in Heiners. Ich stehe in der Küche, ohne Tisch, ohne Stuhl. Im Bad, das vertraut ist. Im Bad haben sie nichts verrücken können. Mein Gedächtnishort ist leer, verortet. Mein Meer ist eine Instantsuppe, alles scheint gelöst. Mein Leben unsichtbar gemacht. Ich mache nichts und ich empfinde Nichts als nichts Besonderes. Als ein Mülltonnendeckel unten im Hof zudonnert, spüre ich die Verkettung dieses Geräuschs.

Jan, denke ich, Jan.

Capo Pero. Ich liege unten am Meer auf Mineralsand, hinter mir die Klippen, darauf Geröll, die Kräne und vereinzelt hellgrüne Grasbüschel auf der Wüstung. Windstöße wirbeln Staub auf. Der Sand am Ufer funkelt, der Staub färbt ihn im Sinkflug rot und schwarz. Monn liegt neben mir und schläft, bäuchlings und den Kopf auf die Seite gedreht. Die Augen fest geschlossen, seine schlaffe Hand greift über sein Haar, seine Finger enden am Scheitel, die Spitzen berühren leicht den Haaransatz. Er glänzt am ganzen Körper und bräunt und bräunt.

Ich spreche gegen mich und gegen mich an. Ich vergewissere mich meiner Zweifel, und wie in einer Windfege bläst der warme Sommerwind in meinen Kopf – durch Ohren, Mund und Nase – und nimmt den Staub mit und den Unrat und wirbelt alles auf und das Gewichtige sinkt auf den Grund.

Ich setze mich auf und rücke ein Stück in den Schatten, schaue hoch in die aufgespannte Schirmdecke, die Mittagssonne fällt grell leuchtend durch ihr Gelb. Monn hat meine Sachen zusammengelegt und über die Stangen unter das Sonnendach gehängt, auch Jans TokTok-Shirt hängt dort. Ich lächele zu ihm hinauf und es winkt mir hinunter.

Ich frage Monn, ob er glaubt, dass Jan jetzt in allen Meeren ist. Im Meer klingt nach: unter allen Meeresoberflächen. Unter allen Oberflächen ist Jan, denke ich und beantworte mir meine Frage selbst. *Eben noch lustig. Jetzt schon fort.*

Am Abend fahren wir nach Rio Marina. Monn sitzt vor mir am Tisch und zupft an der Decke, die der Wind anhebt, aber nicht mitnehmen kann. Wir essen Miesmuscheln in einem Sud, den wir mit hinunterschlingen müssen, aus rasendem Appetit, aus Lust an der Berührung des Muschelfleisches mit den Knospen im Mund zur sofortigen Entfaltung des Geschmacks aus Wein und Gemüsefond, aus Meer, Safran und Teignudeln. Und Monn dreht die Gabel ruhig und dennoch hastig und dreht den Kopf zum Hafen, gabelt große gerollte Nudelmengen in den geöffneten Mund, schlürft die am Kinn hinunterhängenden Nudeln, leckt sich den Sud aus den Mundwinkeln und lächelt mich dabei an, die ich es ihm nachtue.

Jan schwimmt mit großen Zügen aufs Meer hinaus. Er dreht sich auf den Rücken. Er hebt den Kopf und winkt mir umständlich zu. Ich sehe ihm nach.

In der Nacht wache ich auf. Die Zwergrohreule, die sie hier *chiù* nennen, klagt und klagt. Sie klagt über ein schweres Herz, und mein Magen drückt. Ich schleiche durch das Apartment.

»Komm!«, flüstere ich und winke die Fliege heran, hinter mir her in die Küche.

Die Dunkelheit rauscht in Waben vor meinen Augen. Wir stehen stumm hinter der Terrassentür und hören Schritte. Sie trappeln über die Hauptstraße ganz dicht vor uns vorüber. Ich kann die Schatten ihrer dazugehörigen Körper durch die Rillen der Fensterläden sehen. Sie sprechen leise. Ich streiche mit einem Finger über das Holz, über die kleinen Schlitze, durch die wir sie sehen.

»Wie viele Menschen stehen jetzt geräuschlos und beobachtend in der Dunkelheit hinter Fensterläden?«, frage ich.

Dann krieche ich zurück zu Monn. Monn, der ruhig schläft und sich kaum dreht. Ich liege und wälze mich hin und her. In diesem stickigen Raum, auf vom Schwitzen zerknitterten Laken. Ich reiße die Fensterläden weit auf, aber die Nacht draußen ist ebenso stickig.

Ganz dicht über mich hinweg weht der Wind. Er legt dünne Haarsträhnen über meinen Mund, die salzig schmecken und sich nicht hinter das Ohr schieben lassen. Immer wieder fliegen sie über meinen Mund und verschließen ihn schließlich.

Und wenn das Alte nicht mehr geht, dann muss was Neues her. Elba statt Hiddensee, das muss ich erst mal begreifen.

Ich frage jede Schwester und jeden Pfleger, die mir bei den Besuchen begegnen, ich laufe ihnen auf dem Flur hinterher und frage sie leise, aber eindringlich: »Er soll doch hier sterben?«

Ich frage sachlich, fast als hätte ich mich an sein Sterben gewöhnt: »Er ist doch jetzt hier, um zu sterben. Er kommt doch nicht mehr ins Krankenhaus, oder?«
Die Pflegerinnen antworten: »Ja, so ist es mit seinem behandelnden Arzt und der Pflegeleitung abgesprochen.«

Eine Woche vor seinem Tod besteht Jan auf ein Bad in der Badewanne, und er bedrängt die unterbesetzte Personalstruktur, bis einer von ihnen kommt und mir hilft, ihn bis in die Wanne zu bekommen, zu schleppen, zu schieben, zu hieven. Dort ist er leicht. Er redet.
Er sagt: »Wie wir jetzt nach Warnemünde gekommen sind. Ich muss geschlafen haben.«
Und er lacht.
Und er erzählt von Heiner: »Heiner war gestern da«, sagt er und: »Heiner hat jetzt eine neue Frau, eine sehr Nette, die würde dir auch gefallen. Ach nein!«, sagt er. »Bestimmt bist du wieder eifersüchtig, die ist auch hübscher als du und die hat ihm ja auch nicht so einen Stress gemacht wie du. Warum hast du das

gemacht? Warum bist du so ein Arschloch, Eva Blach?«
Und dann macht er eine Pause und sagt: »Die ist wirklich hübsch, ich will jetzt hier raus, kannst du mir Currywurst besorgen? Gehen wir raus? Wollen wir raus? Ich hab Hunger.«
Aber dann wird er müde und mein Herz schlägt wild und ich schlucke, weil er jetzt wieder alles verwirft, alles vergisst und ich nichts sagen muss.

Gehen! Deine Gebärden missfallen mir. Nein, nicht. Gehst du? Deine Wangen sind rot, dein Schopf blond und deine Knopfaugen blau? Und du schwebst deinen Weg dahin durch einen Tunnel mit Licht am Ende, wie man es sagt, und meine Hand, die nach dir greift, zieht dich da nicht wieder heraus. Bloßes Rufen nützt nichts, weil es nur hallt, in meinem Blach'schen Kosmos. Du mich nicht hörst. Dein Sprachverständnissystem zusammengebrochen ist. Wir reichen uns die Sinne, uns bleiben nur die Sinne zur Verständigung. Sinne, die nun tragfähiger scheinen.
Glaube, Liebe, Hoffnung.

Er ist stündlich unruhiger. Er hält meine Hand. Er krallt sich fest. Seine Hand beißt meine Hand. Ich achte nicht darauf. Er wirft sich hin und her.
Er fragt plötzlich: »Was machst du hier?«
Ich lächle immer und sage: »Ja.«
Ja ist immer gut. Er kratzt sich. Überall. Er hat sich wundgelegen.
Ich flüstere ihm zu: »Ich schwöre dir, ich werde auch diese Scheißangst haben.«
Ich halte es einfach nicht mehr aus, dass er sich durchs Bett wühlt wie ein Hund, wenn er träumt. Er ist den ganzen Tag unruhig, und wenn er die Augen einmal öffnet, dann reißt er sie gleich auf. Er weiß, dass er im Sterben liegt, und ich sehe, dass er es weiß. Ich weiß es. Ich weiß es. Das geht gar nicht.

Am Morgen hole ich Brot und Butter gegenüber dem Hafen. Die Silbermöwen kreischen und schwatzen.

Sie rufen mir zu: »Wir freuen uns, wenn ihr heute zu uns kommt!«

»Der Stadtstrand ist dreckig«, empöre ich mich.

Sie seien neugierig auf den Mann. Sie haben

mich gestern mit einem Mann gesehen. Ich winke ab.

»Vielleicht!«, rufe ich ihnen im Umdrehen zu.

Ich schwinge die Tüte mit dem Brot und der Butter leicht hin und her, drehe mich nicht noch einmal um, aber die Silbermöwen sehen mir nach und recken die Hälse, so weit sie können, bis ich um eine Hausecke verschwinde.

Monn hat am Abend zu viel Wein getrunken. Er ist tatsächlich einverstanden, heute an den Stadtstrand zu gehen.

»Aber erst später.«

Nun wälzt er sich im Bett herum, trinkt literweise klares Wasser, bis die Tablette wirkt. Dann bittet er mich um einen Kaffee, eine Zitrone und kommt langsam zu sich. Ich lache.

»Das ganze Programm«, sage ich.

Am späten Nachmittag sitzen wir auf unseren Strohmatten und knabbern jeder an einem Stück Kokosnuss. Als Monn sich auf den Rücken legt und die Augen schließt, stürmen die Silbermöwen heran.

»Wer ist er? Wer ist er?«, fragen sie und picken in Richtung Monn, als wollten sie mit dem Finger auf ihn zeigen. Ich winke ab, sie sind mir unangenehm.

»Weckt ihn nicht«, schimpfe ich.

Sie schnappen sich die Stücke Tomatenfocaccia, die ich wegwerfe, um sie fortzulocken, weg von uns.

Eine Horde dunkler kleiner Männer kommt mit ihren Kindern an den Strand. Die Badewäsche der Männer und Jungen sind schlichte graue kleine Höschen, die Mädchen tragen gepunktete Ein- oder Zweiteiler, die sie allesamt mühsam unter viel zu kleinen Handtüchern gegen ihre Sommersachen zu wechseln versuchen.

Immer guckt ein Stück Po oder Bauch oder Bein oder Geschlecht unter dem leuchtend farbigen Frotté hervor. Ich kann mir ein Auflachen nicht verkneifen. Monn lacht auch, wir blinzeln, den Kopf auf den Hals gedrückt, auf dem Bauch liegend, die ganze Zeit hinüber. Als sie alle aus dem Wasser steigen, kommt ein weiterer Mann und bringt einen großen Grill. In Kühltaschen bringen Frauen Fleisch und Gemüse. Wir bekommen Hunger, als die Kohle glüht und die Leute Mitgebrachtes auf den Rost legen. Ganz schnell packen wir ein und verlangsamen unsere Schritte am Grill, auf dem Rosmarinästchen liegen, auf sie gefädelt Rind, Paprika, Zwiebel und Zucchini.

Monn fächert sich den Duft zu, dreht sich nach mir um und sagt: »So was essen wir jetzt auch.«

Die Leute lächeln. Wir lächeln zurück.

Ich bin mit Heiner verabredet. Er hat einen klaren Blick, offene Augen, und seine Iris ist sichtbar grün, um sie herum ist Weiß, alles Rot ist weiß geworden. Er nickt mir zu, er schreit nicht, tobt nicht, er steht vor dem Kiosk am Südstern und nickt mir zu, als ich mit zehn Minuten Verspätung aus der Vorhalle komme. Er umarmt mich. Er umarmt mich lange, und ich muss an Sprachlosigkeit denken und an etwas, was er mir auf diese Weise sagen will. Ich verstehe und dränge ihn ab. Ich will mein Kreuz nicht teilen.

Jan begrüße ich mit einer zur Mütterlichkeit neigenden Geste. Ich bringe ihm ein Swarovski-Armband mit. Er hat mir befohlen, es ihm mitzubringen.

Heiner zieht nur die Brauen hoch: »Alter, bist du immer noch schwul?«

Ich schlucke gerade Wasser mit Kohlensäure, das mir in der Nase schmerzt, als es durch mein lachendes Prusten hineingelangt. Jan lächelt Heiner an.

Seine Hände. Er spielt an dem Band, das mir um den Hals hängt, in der Schlaufe meiner Kapuze, und er fingert daran herum und zieht mich näher an sein Gesicht und küsst mich kindlich und liegt am Tag im Bett und in der Nacht und muss gedreht werden und zieht das Band heraus aus der Kapuze und zieht es zu um seinen Hals und guckt ernst und sein Spielzeugschwert liegt neben ihm, griffbereit, und ich ermahne ihn, den Schabernack zu lassen, der nicht lustig ist, und ich weiß, ich weiß, ich weiß. Gar nichts. Nichts mehr über ihn. Aber das weiß ich erst jetzt.

Zäsuren gibt es. Spürbare. Zwei Jahre vor seinem Tod datiere ich die erste Zäsur, sein langsamer Abschied vom mir allgegenwärtigen Jan-Ich.
»Das ist Fakt, dass ich mehr und mehr verloren gehe«, sagt er und ich verstehe ihn jetzt. Kann aber nichts mehr dazu sagen.

Meine Sprache, die mich nicht verlässt, Worthorden balgen in meinem Kopf an seinem Bett. Ich schütte mich aus, bis Heiner mir den Mund verbietet, weil es Horden ohne Sinn sind, ohne Anlass, wie ein großes Brechen. Brechen mit seinem Zustand, brechen mit der Stille, mit seinem Schweigen, das uns trifft. Unerwartet löst sich seine Sprache von ihm ab, wendet sich von ihm ab. Wie eine Fremde tritt sie ins Dunkel. Als ob er ihr fremd sein könnte, wendet sie sich ab. Mit ihr löst sich seine Lust zu sprechen.
Jans Sprechen, dieses gern auch unnütze, sinnfremde Sprechen, das nicht unbedingt Sinn entlädt und Worten Sinn anfügt. Dieses jantypische Sprechen und unser Vertrauen, seinen wenigen Worten der letzten Wochen mehr Sinn anfügen, die mehr erzählen, als sie sagen. Unser unbedingtes Verstehenwollen, das Gespräche erst ermöglicht. Dies vereinfacht uns der kleine Kosmos, in den wir ihn denken – ohne diese Annahme: ein atemloser Suchvorgang zur Verortung seiner Sprachbemühungen nach Saft, nach unserem Wohlergehen, zu Nachfragen nach seinen Eltern, seinen Freunden, Weltgeschehen, Ende.

Ein Stein, der hoch oben über meinen Kopf hinwegfliegt, verlangsamt seinen Flug, als mein Blick ihn fixiert, sinkt aber nicht. Als ich zur Fliege hinüberblinzle, beschleunigt er wieder und plumpst ins Wasser.

Ich erhebe mich, der Sand aus verschiedenen Graunuancen backt an meinem Rücken, eine schöne ungebrannte Fayence. Die Fliege beschreibt es mir, und ich fühle die Sandkörner nach, streiche mit der Hand über den Rücken und sage: »Chaos, meine Ruhe du.«

Monn ist in die Strandbar gegangen, um ein kleines Mittagessen zu holen. Die Sonne brennt mir auf den Kopf.

Ich denke an den Moment, in dem ich das Zimmer von Jan eines der letzten Male betreten habe. Sterben riecht nach Unmengen von Talg. Weil man den Tod nicht mehr aus dem Angesicht des Sterbenden wischen kann. Ich denke an den Moment, in dem ich das Zimmer von Jan betrete. Ich denke daran, wie ich versuche still zu stehen. Wie ich zur Ablenkung ein paar Schritte auf sein Bett zu machen will. Wie ich das erste Mal in meinem Leben nüchtern nicht gehen kann, ob-

wohl ich es will. Ich kann nicht stehen. Meine Knie schlottern. Jetzt verstehe ich, was schlottern meint. Wenn die Knie zusammenschlagen, unregelmäßig, aber mehrfach in einer Sekunde. Das erste Mal lenkt mich kein Rausch davon ab, körperliche Schwierigkeiten zu übersehen. Ich stecke inmitten einer Körperkrise. Jan liegt in seinem Bett. Das Kopfteil ist etwas höher gestellt. Das soll ihm das Atmen erleichtern. Er atmet nur selten. Wenn, dann tief. Ich schaffe es an sein Bett. Ich weine bereits. Nichts hätte ich wissen müssen. Mein Körper weiß: Hier liegt ein Sterbender. Hier bin ich zum letzten Mal gewesen. Hier kann ich nicht mehr sprechen. Ich spreche. Ich sage, dass ich bei ihm bin und Heiner draußen ist auf dem Flur.
Ich sage: »Ich kann ihn holen, wenn du willst. Heiner sieht gut aus, sage ich, nicht mehr so speckig, aber das weißt du ja schon. Deine Eltern kommen gleich.«

Jan lispelt: »Haben sich Schatten flüsternd gemustert«, ganz leise.
Ich spitze die Ohren und flüstere barsch: »Was?«
Und er lispelt in den Donnerstagabend weiter: »Ordnen sich Schatten an Hausinnenwänden«, dann macht er wieder eine Pause.

Er überdehnt den Kopf hin zum dämmrigen Licht des Fensters: »Alte Schatten. Mühevoll. Ohne Farbe.«
Dann, als sich seine Daumennägel schon tief in die Haut zwischen meinen Daumen und Zeigefinger eingegraben haben, schließt er ab: »Das Licht ist schon durch.«

Ich beuge mich über ihn. Er riecht ganz anders. Er riecht beängstigend.
Ich werde leben und er wird nicht mehr da sein. Für ihn war es das. Er hat mir das so oft gesagt, aber ich habe ihm über den Kopf gestrichen und ihn beruhigt.
Du warst immer klüger, denke ich.
In dem Moment, als ich mich wegdrehe, bäumt Jan sich auf. Er ringt nach Atem, er röchelt laut, in seiner Luftröhre überschlägt sich der Schleim. Ich bleibe stehen. Stocksteif. Ich wage nicht, mich umzudrehen.

Bis hierher verfliegt die Zeit.
Hinter Glas rennt sie über das Blatt.
Ich bin Vertriebene.
Ich betupfe seine Lippen mit einem nassen Tuch.
Ich sitze im Flur unter Leuchtstoffröhren und rauche.
Ich sitze an seinem Bett allein.

Wir sitzen an seinem Bett. Heiner und ich.
Wir sitzen um Jans Bett.
Seit drei Tagen spricht er nicht, isst nicht und trinkt nicht mehr.
Er hat das Spielzeugschwert vor einer Woche aus der Hand gelegt.
Jetzt knetet er einen kleinen weißen Schaumstoffball.
Jan atmet nur selten.
Manchmal bäumt sich sein Oberkörper auf und er hustet stark.
Jan ist hier und wo weiß man nicht.

Jetzt
ist er gegangen.

Durch meinen Hals drückt sich ein lautes ›Jan‹, ein jämmerliches Rufen, das meinen Mund nicht erreicht und mir den Atem abklemmt.

Man schmückt ihn.
Frau Strübing zieht ihm über seine leblosen Beine seine liebste Hose.
Und Blumenschmuck bekommt er auch.

Er wird hinausgetragen.

Jans Sachen, Heiners Sachen, meine Sachen.

Verkörperungsdinge.

Der Horizont des Meeres steht heute hoch und ist tiefblau, weißblau der wolkenlose Himmel. Meine Hand hinterlässt ölige Abdrücke auf dem Stück Papier, auf dem ich Jan schreibe, Jan seine Zukunft berichte. Ich mache seitenlange Auslassungen, Pausen, große Lücken, in die Jan gehört. Auf dem Wasser sind wenige kleine feine Streifen seiner Bewegungen, schon den ganzen Nachmittag liegt das Meer still da, die Oberfläche ist klar und glatt. Die winzigen Wellen schieben sich über das Ufer und zurück. Monn bringt Brot in einer Tüte und Caprese auf Plastetellern. Wir schlingen die Tomaten und den Käse hinunter, ohne zu sprechen.

Dann schauen wir uns an: »Kaffee?«

Den dicken schwarzen Sud zuckern wir im Stehen vor dem kleinen fahrbaren Kiosk und mit Blick über Le Fornacelle.

Wir stellen uns zur Motorjacht. Wir schauen ihr hinterher. Als sie am Ende des Kais auf die Ostsee fährt, gehen wir ihr nach. Dort stehen wir. Auf einem Stromkasten steht ›Hallo‹. Ich mache Fotos. Ich mache Fotos von der Stelle, auf der die Ostsee und der Hafeneingang zusammentreffen. Ich fotografiere Jan.
Jans Abschied.
Man wird auf den Fotos ›Hallo‹ erkennen und strahlenden blauen Himmel, wenige Wolken, ein dunkles ruhiges Meer, und am Horizont sieht man eine grüne Boje und den roten Leuchtturm und einen kleinen Punkt. Ein sehr kleiner Punkt, der die Jacht ist, die innehält und dann wieder größer und erkennbar ist. Sie kommen ohne Jan. Jan ist jetzt vorbei.
»Sie wollte ihn nicht!«, sagt Jans Mutter laut und guckt dabei in meine Richtung.
»Wer?«, rufe ich irritiert.
»Die Ostsee. Sie wollte ihn nicht. Aber sie hat ihn doch genommen.«
Ich fühle das Unwohlsein, weil ich hier und heute so laut rufe. Ich antworte nicht. Wir gehen Jans Eltern entgegen. Sein Vater hält die Hand seiner Mutter und hilft ihr die kleine Gangway hinunter. Sie stehen ein wenig herum. Manche Tanten und Onkel verabschieden sich.

Jans Bruder bleibt noch. Seine Frau ruft die kleinen Söhne heran. Sie wollen in die Stadt fahren, essen gehen. Jans Eltern kommen zu uns. Sie umarmen uns nacheinander. Wir weinen. Nur wenig. Zusammen nur wenig.

Monn schläft. Die Nacht duftet durch das Fenster. Die Garigue ist in dieser Gegend voll von Rosmarin und Thymian. Ich schlafe nicht. Ich stehle mich zum Kühlschrank und nehme weißen Wein heraus. Leise öffne und schließe ich die Terrassentür. Ich schleiche durch die Dunkelheit der kleinen Hafengassen und über den Stadtstrand. Eine Katze umschleicht meine Füße. Ich hole aus meiner Jackentasche eine Tüte mit Sardinenköpfen vom Abendessen und werfe sie ihr hin. Der Sand ist noch warm. Ich trinke Schluck für Schluck und der Wein stürzt durch meinen Hals und reißt mein Rufen nach Jan mit sich (Wackersteine). Ich wate müde ins Wasser. Das Wasser reicht mir über die Knöchel, dann über die Waden, dann über die Knie.

»Eva, erzähl mir!«, ruft die Fliege mir hinterher, »vom Frieden, dessen Stille unerträglich ist.«

Ich drehe mich um, schaue sie an, mein Lächeln ist zäh.

»Wenn ich aufhöre zu vergessen, setzt das Erinnern ein!«, flüstere ich ihr zu. Ich lege einen Zeigefinger auf meine geschlossenen Lippen, den anderen halte ich ihr entgegen und sie fliegt auf meine Kuppe. Das Wasser reicht mir über meinen Po, über meinen Bauchnabel, über meine Brüste, unter mein Kinn, über Augenhöhe, über mein wogendes Haar.

Draußen vor dem Ort reihen sich die Schirme, die Bäume, die den Schirmen gleichen, und die Schirme mit den Samen der Pflanzen, die umherfliegen und mehr aus sich zu machen versuchen, und die Schirme, unter denen die Familien Schutz vor der Sonne suchen, aber nicht jetzt. Laublos, die Schirme und Schirmchen: scheinbar sinnentlaubte Bäume und Samen.

Jan schwimmt mit großen Zügen aufs Meer hinaus. Er dreht sich auf den Rücken. Ich sitze auf einer Planke auf dem Meer und Jan schwingt sich neben mich auf das Brett. Er legt seine Hände an meine Wangen, zieht mein Gesicht näher an seines. Ich strahle ihn an. Jan

strahlt über beide Ohren und schlägt mit der flachen Hand gegen meinen Hinterkopf.
»Warum, warum?«, fragt er.
Ich werfe meinen Oberkörper lachend zurück und stürze hinterkopfüber unter die Wellen. Jan wirft sich mir nach.